Título original: سحر التركواز
Copyright © 2006, Mai Khaled
Published in agreement with Al Arabi Publishing and Distributing

EDIÇÃO Felipe Damorim e Leonardo Garzaro
ASSISTENTE EDITORIAL André Esteves
TRADUÇÃO Isabela Figueira
ARTE Vinicius Oliveira e Silvia Andrade
REVISÃO E PREPARAÇÃO André Esteves

CONSELHO EDITORIAL
Felipe Damorim
Leonardo Garzaro
Vinicius Oliveira

Dados Internacionais de Catalogação na Publicação (CIP)
(Câmara Brasileira do Livro, SP, Brasil)

K45m
    Khaled, Mai
    A magia da turquesa / Mai Khaled; Tradução de Isabela Figueira. – Santo André-SP: Rua do Sabão, 2024
    Título original: سحر التركواز
    124 p.; 14 × 21 cm
    ISBN 978-65-5245-000-5
    1. Literatura egípcia. 2. Romance. I. Khaled, Mai. II. Figueira, Isabela (Tradução). III. Título.

                                                         CDD 893.1

Índice para catálogo sistemático:
I. Literatura egípcia
Elaborada por Bibliotecária Janaina Ramos – CRB-8/9166

[2024] Todos os direitos desta edição reservados à:
Editora Rua do Sabão
Rua da Fonte, 275, sala 62B - 09040-270 - Santo André, SP.

www.editoraruadosabao.com.br
facebook.com/editoraruadosabao
instagram.com/editoraruadosabao
twitter.com/edit_ruadosabao
youtube.com/editoraruadosabao
pinterest.com/editorarua
tiktok.com/@editoraruadosabao

Mai Khaled

A MAGIA da TURQUESA

Traduzido por Isabela Figueira

LEILA

Como serei punida quando descobrirem que estava por trás do golpe em Nirvana? Ela está flutuando em um coma depois de ter engolido grandes quantidades de água do mar — água que bloqueou seus pulmões e impediu o oxigênio de chegar ao seu cérebro. E depois houve aquele acidente inesperado: enquanto ela lutava para se manter à tona, um *jet ski* renegado nas proximidades tentou salvá-la e, em vez disso, fraturou seu crânio, então voltou para buscá-la depois de tê-la deixado com uma concussão.

Tenho certeza que, desta vez, a família irá me punir explicitamente. Não serão apenas aqueles olhares, vazios de amor e cheios de falsas preocupações.

E eu? Como vou me perdoar em tê-la desapontado, Nirvana? Depois de tê-la feito mergulhar nas profundezas azuis-turquesas quando sabia que você estava em uma área em que havia perigosos redemoinhos, e que, depois de 6 de setembro, os salva-vidas foram embora e os banhistas assumiram total responsabilidade por si próprios?

Posso apenas apresentar-lhe uma solução. Talvez, isso dê esperança aos seus membros e articulações e faça você sobreviver. Sairei imediatamente do hospital e irei para o Cairo, para o Centro da Criatividade, e insistirei em receber uma última chance.

"Você verificou o seu e-mail?"

Essa foi a última frase que disse, Nunu. E quando eu disse que não, seus olhos me repreenderam porque você me enviara mais de sete mensagens no celular me dizendo: "Verifique seu e-mail".

Seus braços e pernas bateram tão forte contra a água que você até pareceu um ponto distante no mar. E eu sabia que você não sabia nadar muito bem.

Uma vez, você me contou que dez dias de sofrimento podem ensinar muito mais à uma pessoa do que dez anos de felicidade. A felicidade faz bem para o corpo, mas a dor energiza a mente. Não sei se você está sentindo dor agora que está em coma. Só sei que sou um pedaço cansado de tristeza, amassado com culpa e medo. Isso deveria fazer com que eu interpretasse aquela cena para a audição final brilhantemente.

Não quero te desapontar novamente. Bastou o que fiz da última vez quando desisti do meu/seu sonho por mim e deixei o palco com a desculpa de que estava vazia por dentro. A verdade era que eu estava com medo de confrontar a mim mesma e Hazem, que poderia ter enxergado dentro de mim e descoberto a minha fraqueza — e talvez a minha falta de talento. Apesar de tudo, você continuou a me encorajar por semanas. Você até me enviou um e-mail com um retângulo marrom em forma de palco — a cor da terra e da fertilidade, do jeito que você me ensinou, a cor da serenidade e da estabilidade. E no retângulo marrom, você desenhara algumas linhas brancas e escrevera abaixo delas: "Linhas de giz que um diretor usa para indicar o movimento dos atores". E então você adicionou aquele emoji astuto piscando. Foi apenas uma imagem abstrata divertida que você me enviou. Mas a verdadeira imagem é a da minha vida, na qual você pintou linhas transparentes. Se eu quisesse, poderia segui-las. Ou poderia afirmar nunca as ter visto. Porque é como você disse, ninguém encontra salvação nos ensinamentos. Uma pessoa deve seguir uma voz interior. Tudo o que você fez foi seguir a minha voz interior e começar a se concentrar em direcionar a minha energia interior para me fazer me inscrever naquele workshop de atuação, e eu me agarrei às minhas fontes ocultas de espiritualidade.

Você preparou os meus pratos favoritos, arroz com açafrão e frango com curry, ao estilo indiano, e com isso me levou ao extremo Oriente. Você dançou ao som de *Sway* comigo, e com isso viajamos para o noroeste da América dos anos 1950. Bebi dez xícaras daquela bebida deliciosa que não posso provar em nenhum outro lugar exceto na sua cozinha — chá com leite — e com isso você me acalentou com amor e me acolheu com um carinho maternal antes de fazer minha mente explodir com comparações filosóficas entre *Ouija*, o filme que acabamos de assistir, e sua experiência pessoal com o jogo. Não creio que você fez isso para tentar compensar a falta da minha mãe, que morava em uma província distante, nem simplesmente porque você era a irmã de meu pai. Acho que você fez isso por causa de sua convicção de que eu era capaz de cumprir as minhas vocações internas, apesar daqueles olhares de culpa que a família me dá por um pecado que não cometi. Um pecado que minha mãe cometeu por escutar a voz do coração, abrir a porta completamente e partir.

Cada célula de seu corpo e cérebro vibrava naquele momento crítico: realizar o que você não conseguiu, seguir meu sonho e fazer o teste de nivelamento. Você ligou para o meu celular por horas, me encorajando com mensagens positivas, enquanto eu estava histérica, incapaz de dizer qualquer coisa além de "me sinto vazia por dentro. Vou falhar".

Eu ouvi você soluçar pelo telefone, mas você engoliu as lágrimas, ignorou a minha negatividade e continuou repetindo: "Mantenha os olhos na luz que está coberta com celofane turquesa. Vire seu pescoço em direção a ela. O pescoço é o centro da fala, da expressão e da criatividade, e se você lançar uma luz azul-esverdeada sobre ele, ativará as suas glândulas criativas".

Desliguei na sua cara, pois estavam chamando o meu nome: "Leila Khaled Al-Masri", e em vez de subir no palco (seu símbolo) e banhar a minha garganta com luz turquesa, me vi retirando-me. Fugi para a rua principal, preocupada que minha imagem perante Hazem fosse prejudicada, e enterrei meu sonho vivo. Quando te liguei depois da meia-noite, você pensou que eu fosse te contar que havia cruzado o primeiro limiar no caminho em direção ao nosso sonho, mas te derrotei com a minha retirada e continuei me desculpando profusamente.

Mais uma vez, você engoliu as lágrimas e elaborou um plano alternativo para mim. Talvez uma mensagem de celular bacana para Hazem o convencerá a me conceder uma segunda chance. Era como se as palavras que você providenciou para que eu enviasse a ele fossem um tipo de cântico mágico que fez Hazem descer de seu cavalo, deixar seu orgulho de lado e marcar um novo encontro — uma última chance — hoje, às sete da noite. E em vez de aproveitar a chance e sair correndo para o Centro da Criatividade, reservei a primeira passagem no ônibus Super Jet, e você me encontrou na praia, fugindo uma segunda vez. A maldição das portas abertas e da fuga tomaram conta de mim. Com os olhos cheios de lágrimas, você me perguntou sobre o meu e-mail, o qual não me importei em verificar. Então você mergulhou nas profundezas turquesas que impiedosamente te engoliram.

Estarei no Cairo antes das sete da noite, mesmo que isso comprove as suas suposições de que carrego os genes do abandono, mesmo que repitam os ditados sobre a história da minha mãe e amaldiçoem o dia em que meu pai se casou com uma garota que não tinha relação de sangue ou casamento com eles, como era a tradição da família. Mas nunca o culparam diretamente, porque se penalizam com sua fragilidade que não suporta mais choques. Apenas amaldiçoaram secretamente o dia em que nasci e todos os meus dias de vida, divididos entre diferentes frentes.

Que carga emocional é maior do que essa, miserável e culpada, te deixarei aqui assim para ir representar aquela cena brilhantemente, superando todos os outros competidores e enchendo meus ouvidos com aplausos e elogios de Hazem — tudo enquanto você jaz aqui em coma, entre a vida e a morte?

NIRVANA

Minha mente está ciente de quase tudo o que acontece em minha volta. Mas meu corpo jaz lá, completamente fora do meu controle. Sinto que estou em um quarto esterilizado, os aromas de álcool etílico e desinfetante se misturam. Os cheiros fortes que amo são os de acetona, esmalte de unha e da cor turquesa, número 16 das tintas para cerâmica da Pébéo.

O balanço da cama do hospital sob meu corpo indica que fui transferida da sala de cirurgia para um quarto mais silencioso. Nada interrompe o seu silêncio além do suave zumbido dos equipamentos médicos. É um lindo silêncio, o qual venho procurando por vinte anos e apenas o encontrei em momentos raros e fugazes dentro do trem Cairo-Alexandria. E orei a Deus para fazer de minha vida uma jornada de trem sem fim.

Lembro-me que estava lutando contra as ondas e depois houve um grande barulho bem ao lado da minha cabeça, então perdi completamente a consciência. Devo estar em coma agora. É um sentimento delicioso perceber que você está em coma enquanto você está em coma. Igual você saber que está em um sonho enquanto está sonhando.

Pergunto-me o que causou esse coma... foram as fases iniciais do afogamento, quando quem está se afogando é salvo, mas depois vivencia complicações que levam à morte? Ou será que aquele grande barulho do... *jet-ski* me causou uma concussão que poderei superar com os cuidados médicos necessários? Se eu apenas pudesse dar uma olhada no relatório médico, poderia diagnosticar o meu caso.

Você já não teve o suficiente? Você já não girou e girou como uma engrenagem durante esses sete anos na faculdade que você odiava, de salas de cirurgias a necrotérios para o seu estágio e especialização, e entre choros de seus pacientes e a dor da perda... xiiiiiu!

Tenho certeza de que, neste momento, todos estão cheios de preocupação e podem estar em pânico fora dessas paredes de vidro, enquanto você tem a desculpa perfeita para permanecer em silêncio, calma, desfrutando de sua paz.

O coma pode durar dias, até meses, e pode durar apenas algumas horas. Usarei o tempo que tiver para realizar meu antigo sonho... viver sem barulho dentro de caixas de cores. Mas qual caixa deveria fazer de lá? De marcadores... de aquarelas... de giz pastel... de tintas a óleo? Não... vou dar um tempo em colorir e relaxar completamente como estou fazendo agora mesmo, deixando a tarefa de colorir esse momento excepcional para outros, como Muhannad... Amena... Josef... e...

Agosto de 1984 — a estrada de Munique para Füssen. Minha cabeça descansa na janela do ônibus. Amena está sentada ao meu lado. No Aeroporto de Munique, toda a papelada e procedimentos foram concluídos meticulosa e rapidamente, como uma cena de romance de faroeste. A delegação egípcia chega às duas da tarde, no horário de Munique, de EgyptAir. E, ao mesmo tempo, Air Maroc chega, trazendo a delegação marroquina dos alunos mais brilhantes nomeados para representar seus países no programa de intercâmbio cultural.

Josef rapidamente chama os nomes: um egípcio e depois um marroquino, e quem ouve seu nome sobe no ônibus com seu colega de quarto.

Nirvana Ahmad Al-Masri, Egito — Al-Shahbuni Amena, Marrocos. Assim que vi Amena, senti uma ligação antiga, mesmo sendo daquelas que não baixa facilmente a guarda com pessoas de outras nacionalidades. Talvez fosse algo como amor à primeira vista, no qual não acreditava, assim como não acredito naquelas histórias de amor épicas e eternas que acontecem em um único dia, como *Romeu e Julieta* e *Titanic*. O amor é formado por camadas de familiaridade e histórias compartilhadas. De qualquer forma, não estou nas melhores condições. Na verdade, estou no pior estado, e essa viagem veio no momento certo. Queria me livrar de uma rede de eventos delicados e interconectados dos quais não conseguia escapar, exceto esquecendo-os temporariamente. Eventos com cores conflitantes: marrom com azul-escuro... turquesa com verde-oliva... amarelo brilhante com vermelho. E nada amenizará o choque visual a não ser entrar em pinturas com cores atrativas e harmoniosas que encantam o coração e afastam essa confusão: azul-claro com bege... malva e creme... turquesa-claro com marrom-escuro... rosa... lilás... azul-celeste... pêssego... verde-pistache...

LEILA

Não vou me sobrecarregar com mais do que posso suportar. Nunu não pode ser tão estúpida a ponto de se jogar no mar só porque não passei nos testes finais de atuação. Ela deve ter tido uma intenção anterior de cometer suicídio. Especialmente porque, imediatamente antes de viajar para a costa, ela me deu seu livro de colorir, ou "o livro dos dias coloridos", como ela o chamava, embora tivesse me contado repetidamente a história de cada imagem daquele livro. Então, por que ela me daria seu passado, a menos que estivesse planejando partir para sempre? Ela me entregou sua infância, assim como uma mãe que sabe que tem uma doença terminal coloca sua caixa de joias no colo da filha. Qual lição de sua história você quer que eu aprenda, Nunu?

É como se eu pudesse escutar sua voz enquanto conta a história do nosso começo. Você sempre disse que tudo tem um começo e um fim, mas que nós temos dois começos e continuaremos reencarnando eternamente.

Quando o planeta Marte entrou em Virgem, em 7 de setembro de 1987, vim para esse mundo. O dia brilhante, como você o chama. Você me contou que tudo naquele dia estava coberto de branco, a cor original que engloba todas as outras cores. Você usava um vestido branco e o clima estava lindo em Alexandria naquela época do ano. A família toda havia deixado Sporting quando agosto e os habituais trinta dias coloridos haviam acabado para retornar aos onze meses de vacas magras no Cairo.

Você protelou e ficou para trás, com a desculpa de que o apartamento precisava de reformas que não poderiam ser feitas com todas aquelas pessoas morando nele. Minha mãe contou para você, e somente para você, sobre a data do parto. E porque você era a única que sabia que ela estava grávida de uma menina e que iria chamá-la de Leila, você secretamente se apaixonou por mim. Você me apelidou carinhosamente de "Lila", a cor lilás, um roxo claro e suave. Uma cor que veio de uma das suas cores, de um nome que ninguém conhecia, exceto alguém que você conheceu fora do país, que lhe dera o nome de "Ametista", aquela pedra preciosa roxa.

Você tem meia dúzia de motivos para me dar um lugar especial em seu coração: você deu à luz a um único filho, embora quisesse uma menina sobre quem pudesse lançar suas sombras coloridas, e descobriu que não poderia ter mais filhos por motivos médicos. Então você sentiu que eu viveria como uma excluída nessa família sulista que só aceita primogênitos do sexo masculino e especialmente porque minha mãe era uma forasteira, não pertencia àquela tribo de características comuns. Essa provavelmente foi uma das razões mais fortes que fez você depositar tanta esperança em mim: que eu iniciaria uma revolução genética, introduziria novos recursos e novas alianças. Mais importante era o seu sentimento de que não poderia declarar a sua simpatia pela minha mãe e pela bebê que carregava dentro dela. Isso lhe fez sentir-se como um profeta que esconde sua mensagem até que tome forma e amadureça antes de poder ser revelada, forte e brilhante.

E todos os seus temores eram válidos. Sua mãe (minha avó e a mãe de meu pai) guardou a lembrança daquele dia como forma de chantageá-la emocionalmente. Sempre que você ficasse com preguiça de cumprir uma obrigação social em uma situação semelhante, ela a acusaria de apoiar a "mulher estranha" no dia que deu à luz, mesmo que "a estranha" tivesse parentes e conhecidos suficientes em sua cidade natal Alexandria capazes de bloquear o sol. Essa estranha escondeu a data do parto da família de seu esposo — o único filho deles — porque ela não queria que estivessem ao lado dele dando-lhe condolências pelo fardo que teria que carregar. Mas você sabia que minha mãe preferia você, e não contou a ninguém que pudesse bloquear o sol sobre a hora do parto simplesmente porque ela não gostava de multidões e odiava falsas cordialidades.

Meu pai telefonou para você do Hospital Shatbi e disse apenas: "Nashwa está dando à luz". Você veio de Sporting para Shatbi em apenas cinco minutos. Você correu para o elevador do hospital e perguntou pela sala de parto, encontrando uma enfermeira me carregando nos braços. Eu estava gritando com a força de alguém que havia permanecido em silêncio por nove longos meses. Minha mãe estava em uma maca, ainda sob o efeito da anestesia. O médico pediu para o meu pai terminar uma papelada. Você me tirou da enfermeira e me abraçou forte contra o peito. Suas lágrimas se misturaram com meus gritos e você desejou que tivesse leite nos seios para me amamentar, não para que eu parasse de gritar, mas para que eu pudesse me tornar sua filha de leite. Você se sentou em uma poltrona naquele quarto de hospital e me colocou sobre seus joelhos, suas lágrimas caíram sobre meus panos brancos. Eram lágrimas de admiração frente à prova mais maravilhosa da grandeza do Criador, um pequeno modelo dAquele que criava todas as coisas equilibradas e proporcionais. Eu estava em seus braços, chorando para que me salvasse. Minha mãe ainda estava inconsciente e meu pai, em algum outro lugar. Você evocou todas as tradições folclóricas para iniciar uma nova criação: a celebração de uma semana, o socar no pilão, a peneiração e as velas brilhantes. Mas você não me apresentou ao mundo com os conselhos habituais de escutar a minha mãe, obedecer a minha avó, ceder aos vizinhos, curvar a minha cabeça para o presidente e me humilhar diante de humanos como eu.

Em vez disso, você lançou seus próprios encantos, esperando que me ajudariam. Você estava usando um anel de prata com uma grande pedra de ágata. Você passou as costas do dedo do topo da minha cabeça à ponta dos meus pés, com seus encantos, enquanto meus gritos ficavam mais altos. *Lila, minha filha desejada, você é de Virgem, então conheça-te. Você terá poderes analíticos e meticulosos superiores aos dos outros, não porque é melhor do que eles, mas porque não aceitará nada menos do que uma explicação lógica de todos os detalhes de sua vida. Isso não é a melhor coisa. Nem tudo na vida pode ser ex-*

plicado racionalmente. Às vezes, você terá que aceitar as coisas como são e encontrará justificativa para elas mais tarde.

Você terá a benção do pensamento. Mas tome cuidado; não permita que suas ideias se tornem prisioneiras de sua mente (Coloque sua lâmpada no farol para que todos os que se aproximarem consigam ver a luz).

A ametista tem uma cor bonita, mas no final das contas é só uma pedra e seu esplendor desaparece quando exposta à luz do sol. Lilases têm a mesma cor, mas são flores que florescem sob a luz do sol.

Meu choro se acalmou.

Com esta ágata, te protejo de todos os perigos, oro a Deus para que te abençoe com pureza interna e habilidade de superar os teus medos e solidão, te ajude a pensar com clareza, te dê uma vontade forte e te inspire com a luz da Verdade.

Lila, conheça-te a ti mesmo e desfrute de sonhos coloridos.

Quando meu pai abriu a porta e caminhou até nós, eu estava dormindo profundamente como alguém que acabara de desfrutar de uma deliciosa refeição e dormira, saciada e feliz.

NIRVANA

Josef estava de pé com um microfone em frente ao ônibus, informando-nos sobre o local onde ficaríamos.

"O nome de nossa cidade é Füssen. É uma cidade pequena situada no sopé dos Alpes Bávaros. Embora a cidade possa ser pequena, você nunca verá nada igual ao seu cenário natural deslumbrante, ou como os dois castelos históricos que foram construídos no topo do pico mais alto da Alemanha, a 2.600 pés acima do nível do mar."

A altura esperada eleva-me aos poucos acima dos eventos da semana passada. Respiro bem fundo o ar fresco, na expectativa do que estava por vir.

O ônibus entrou na Rota Romântica e, no final dela, estava nossa cidade, Füssen.

O nome Rota Romântica me lembra do meu primeiro beijo com Tarek no carro dele um ano antes. Para mim, Tarek está sempre associado aos trinta dias de liberdade colorida em Alexandria. Não consigo lembrar-me de um único incidente naquele apartamento em Sporting, ou de uma aventura nas praias de Miami, ou de Mamoura, ou de Montazah, em que ele não estivesse, apesar de seu tamanho pequeno e de suas pernas magras do início da infância.

Tarek é o filho da minha tia materna Hoda. Ela é a tia que hiberna todo o ano na nossa cidade natal, Minia. E então, todos os anos, em agosto, todo mundo aparece. Eles sempre alugavam um apartamento na Delta Street, perto de Corniche, para que o valor do aluguel fosse razoável e, ao mesmo tempo, estivessem perto do nosso apartamento de seis quartos com vista para o mar. Junto com nossos parentes de todo o Egito, a família da minha tia passava os dias e as noites com meus pais e minhas avós na varanda espaçosa com vista para o mar em Sporting, com a sua praia repleta de guarda-sóis pintados com listras vermelhas vivas, amarelas-claras, verdes e laranjas; os homens vendendo *freska* — o lanchinho do verão de *wafer* com mel —, chinelos de borracha importados e pulseiras de plástico coloridas; e Saber, o fotógrafo artista que perambulava pela praia, com suas lentes capturando todos os corpos e rostos alegres em preto e branco. Depois usava seu pincel especial para colori-las, surpreendendo-nos com a ideia de aparecermos usando roupas de cores diferentes das quais estávamos realmente usando.

Houve apenas algumas atividades que Tarek fez sozinho — ou, para ser precisa, com o meu irmão Khaled. Empinavam pipas de papel com suas caudas dançando coquetemente no céu, uma brincadeira colorida de verão que apenas os meninos podiam brincar porque era tão bonito, porém tão difícil. Ou ficavam sentados por horas naquela rocha verde coberta por algas marinhas, com as varas de pescar na água. Eles conseguiam pescar alguns peixes, os colocavam em uma cesta e depois os comiam. Como alguém consegue comer algo pelo qual trabalhou tanto tempo para consegui-lo? Quando voltaram, inundados de alegria com a captura, fiquei pensando que um dia comeriam seus próprios filhos.

Quanto a mim, as atividades que não incluíam Tarek eram as festas barulhentas: os concertos de jazz nas manhãs de sexta-feira no Cassino Miami, e nas manhãs de domingo no Cassino Stanley, e as matinês no Cassino Athineos, na estação de bonde Ramleh. Eu costumava ir a todas elas com meus tios materno e paterno, que haviam começado a se afastar das tradições da família, graças aos seus amigos alexandrinos de Ibrahimiya e de Camp Cesar. Eles me levavam com eles para me usarem da mesma forma que Tarek e Khaled me usavam de isca para atraírem grandes partidos: garotas em biquínis e microssaias que brincavam com as garotinhas como desculpa para dançarem com eles.

Por muitos anos, Tarek se parecia comigo tanto na forma quanto nas roupas que usava. Nós até fingíamos sermos irmãos sempre que fazíamos amizade com outras crianças na praia. O melhor era que ele sempre me deixava escolher os jogos que jogaríamos. Algumas noites, eu levava o tabuleiro de damas, o colocava entre nós e dizia-lhe: "Vamos jogar, Tarek". Ele então alinhava as peças pretas na frente dele e me deixava com as brancas.

"Não, eu quero as pretas." Então, imediatamente ele virava o tabuleiro para que as brancas ficassem em frente a ele e as pretas na minha frente.

"Vamos fingir que as pedras são faláfeis. As pretas serão faláfeis queimados e as brancas, crus."

"Tarek, vamos gritar no túnel." E nossos gritos enchiam todos os cantos do túnel de pedestres que ligava a calçada em frente ao nosso prédio às cabanas alinhadas na praia.

Um ano, talvez dois anos após a morte repentina da tia Hoda, Tarek deixou de se parecer comigo. Ele começou a ficar mais parecido com Khaled, meu irmão mais velho, com suas feições, seus gestos e as roupas que vestia. Eram como um uniforme escolar que passou de geração a geração: uma camisa de cor neutra, com as mangas dobradas quando o calor estava excessivo, calças lisas, um cinto marrom ou preto e sapatos. As mesmas roupas foram vestidas por meu pai e o irmão dele — o pai de Tarek —, bem como pelo tio Hussein, tio Ibrahim e tio Shihab.

Às vezes, eu fingia que as camisas de Tarek eram páginas do meu caderno de desenho e desejava poder mergulhar meu pincel na paleta de cores e decorá-las com flores, borboletas e bolas coloridas, como as camisas dos cantores de jazz nas festas do Stanley. Às vezes, eu imaginava desenhar uma bela barba e um bigode em seu rosto usando um marcador marrom-escuro. E depois, mergulhar meu pincel na mesma cor marrom-escura e colorir o seu cabelo com ela, em seguida desarrumá-lo para deixá-lo mais comprido e na moda.

"Tarek é para Nunu" é uma frase que não consigo me lembrar de nunca ter ouvido. Foi dada como certa desde o seu nascimento. Você nem teve o luxo de pensar sobre isso. Foi um dos detalhes escritos na certidão de nascimento: nome, sexo, religião, governo, país e "Tarek é para Nunu".

O ano em que nossos familiares leram a Fatiha[1] como promessa de casamento também foi o ano da leitura para os cegos. Nosso grupo de ex-alunos ficou feliz quando a Irmã Isabella nos pediu para fazer algum trabalho de caridade quando fomos visitá-la na escola. Um grupo de estudantes universitários cegos precisava de alguém para iluminar suas mentes e guiá-los pela mão em direção a caminhos amplos. "E ninguém acende uma lâmpada apenas para cobri-la com uma panela ou escondê-la embaixo da cama — ele a coloca no farol para que todos que entrarem vejam a luz."

A ideia era sonhadora, nobre e boa. Formamos duplas com estudantes cegos da Faculdade de Artes e da Universidade de Azhar. Eu esperava por uma purificação interna e um sentimento de contentamento comigo e com Deus. Em vez disso, uma sensação avassaladora de náusea tomou conta de mim. Um medo de que algum desastre acontecesse um dia e que caminharia pelas ruas carregando uma vara branca, com minhas pupilas brancas, enquanto via nada além de preto, a cor associada a poderes satânicos. O cão preto é o cão do demônio e gatos pretos são possuídos por gênios.

Apesar das diferenças entre eles em personalidade, cor de cabelo, tez e religião, todos estavam unidos por aquele sorriso vago e aquela boca, aberta em um sorriso falso que mostrava dentes tortos cobertos por uma placa amarela, fazendo com que o ácido de meu estômago subisse e um nó áspero se formasse em minha garganta sempre que olhava para a boca de alguém depois daquilo.

E quando Tarek parou naquela rua escura e abocanhou a minha, eu apenas pude sentir aquele nó áspero na garganta. Dessa vez, Tarek foi associado a bocas e beijos acompanhados por secreções amarelas.

O beijo de Tarek foi um choque por si só. Por ter sido criada em uma escola religiosa, acreditava que uma boa meni-

---

[1] A Sura Al-Fatiha, ou "A Abertura" (em árabe: الفاتحة), é o primeiro capítulo do livro sagrado dos muçulmanos, o Alcorão. Seus sete versos são uma oração por orientação divina e um louvor ao senhorio e à misericórdia de Deus.

na nunca permitiria que a beijassem, exceto após o casamento. Sim, eu via e me derretia toda com aqueles beijos dos filmes e nos romances de Ihsan. Meus amigos e eu até vimos o que havia de mais chocante e ousado, mas, no final das contas, eram filmes e livros. Tarek achava que eu era uma prostituta para me atacar assim na rua algumas horas depois da nossa família ter lido a Fatiha junta?

Passei uma semana chorando, me purificando daquele sentimento de impureza e contaminação. Meus amigos não conseguiram acreditar que, naquela idade, eu nunca havia roubado um beijinho na escada durante uma brincadeira de esconde-esconde.

O desprezo deles explicava as duas surras que recebi na infância sem entender os motivos por trás delas.

A primeira foi quando Tarek e eu nos escondemos no meu armário e nossos amigos Noor e Hanan se esconderam debaixo da cama, enquanto o nosso vizinho Atef nos procurava dentro do quarto escuro. Quando a minha mãe repentinamente acendeu as luzes e beliscou meus braços e pernas, não achei que ela estava brava porque estávamos brincando de "O quarto escuro" ou porque Tarek e eu nos escondemos juntos dentro de um armário. Achei que era porque ela havia me chamado inúmeras vezes e eu não a havia escutado porque a porta estava fechada.

A segunda vez foi quando a empregada, Karima, sugeriu que eu me sentasse na cama com Tarek, debaixo das cobertas. Era um jogo que havia inventado e se chamava "A tenda". E, novamente, achei que os tapas e as acusações de ser mal-educada eram porque eu havia bagunçado a cama. Nem por um segundo me ocorreu que durante "O quarto escuro" ou "A tenda", Tarek e eu poderíamos ter compartilhado um beijo igual a aqueles do cinema. Mesmo assim, eu só gostava de me esconder do resto das crianças nos novos lugares que sempre inventávamos.

Esse coma profundo parece delicioso. Me leva para tão longe e depois me traz de volta, como se eu estivesse dirigindo um ônibus desde o início de seu trajeto, desfrutando do passeio sem sair dele. E fiquei assim, indo e vindo, indo e vindo.

O ônibus desce pela "Rota Romântica" com seus portões antigos e pequenas casas brancas com canteiros de flores vermelhas e roxas.

O beijo, por sua vez, não é romântico e está associado com o pecado e secreções amarelas. As provas de final de ano estão próximas e não era lógico que uma estudante de medicina ajudasse os estudantes da Faculdade de Artes nos estudos. Achei isso uma boa desculpa para fugir do grupo de cegos.

Mais uma vez, me senti uma pecadora, uma traidora do bem. Retirar-se está sempre associado à punição, como quando você deixa os convidados e vai dormir, um gesto que me rendeu uma surra uma vez. Ou igual a sair da sala quando o professor ainda está explicando a lição. Como quando Jonas deixou o seu povo sem a permissão de Deus e foi engolido pela baleia, então quando descobriu o seu pecado, ele orou: "Não há outro Deus além de Ti, glória a Ti, eu estava errado".

Você pode entrar na vida de alguém, mas é inapropriado deixá-la sem permissão. E se meus exames não estivessem se aproximando? Eu continuaria ali sentada naquela escuridão no meio dos cegos?

Sim. Eu continuaria entre aquela escuridão profunda e a náusea e os beijos amarelos.

Parece que estávamos quase chegando a Füssen. Há dois castelos, Hohenschwangau e Neuschwanstein, surgindo no horizonte, com as montanhas azuis ao fundo. Sim, um azul-petróleo colore as montanhas. Senti que estava entrando em um calendário de parede da Lufthansa. Sempre me surpreendia com aquelas montanhas coloridas em calendários de paredes estrangeiros, pois, pelo que sei, o azul não dizia respeito a nada além do mar e do céu. Mas o azul-azure dessas montanhas deve ser um truque para atrair turistas.

À medida que se aproximava o dia da assinatura do meu contrato de casamento, colori a minha imaginação com copos de xarope de frutas vermelhas, alinhados em uma bandeja que o garçom negro da Groppi[2] carregaria, com seu uniforme impecável e larga faixa verde. Ele vagaria entre os convidados pelo nosso salão, enquanto eu colocaria a minha mão na de Tarek e repetiria após o oficial do casamento: "Eu me casei com você", como Farida no filme *Para sempre meu amor*.[3]

A casa está cheia de convidados e o oficial de casamento entra. Ele não estava vestido de maneira tradicional, com um cafetã bordado a ouro e um turbante, como a minha imaginação também o desenhou. Ululações de alegria ecoaram.

Corri para o meu quarto para escovar o meu cabelo novamente e aplicar toques de sombra azul-escura da Rimmel sobre o azul-claro de minhas pálpebras. Em filmes estrangeiros, a noiva acredita que qualquer coisa azul no dia de seu casamento a trará sorte. Reapliquei o blush em minhas bochechas com dois traços do pincel e depois passei um pouco de brilho labial.

Lá fora, as ululações ficavam mais fortes, mais confiantes, intermináveis. Achei que essa fosse a minha deixa, então corri para o salão para encontrar os homens apertando as mãos e as mulheres se beijando nas bochechas. Simplesmente porque acabaram de assinar um contrato de casamento. Um contrato à revelia, assim como um de divórcio à revelia... um divórcio traiçoeiro.

E onde eu estava nesse casamento traiçoeiro? Onde estava o "eu me caso com você"? Minha mãe e minhas irmãs ridicularizavam as minhas perguntas. "Seu pai tem que ser o seu representante". Mesmo Fu'ada, no filme *Algum medo*,[4] não foi

---

2 A Groppi é uma das primeiras e mais famosas gelatarias do Cairo, situada na Praça Talaat Harb. Foi fundada em 1909 pela família suíça Groppi, sobreviveu ao movimento de nacionalização nas décadas de 1950 e 1960 e foi propriedade da família Groppi até 1981, altura em que foi comprada por Abdul-Aziz Lokma.
3 Tradução livre. Habiby Da'iman (حبيبى دائما), filme árabe de 1980, dirigido por Hussein Kamal.
4 Shey min el khouf (شىىء من الخوف), filme árabe de 1969, dirigido por Hussein Kamal.

negada ao direito de ter seu pai entrando em seu quarto e perguntando sua opinião, apesar da arrogância e violência de Atris.

O casamento de Tarek com Nirvana é inválido?

Minha convicção de me casar com Tarek é tão firme e inabalável quanto os óleos de uma pintura original.

Não sei por que sempre associo a imagem da minha mãe — seus cabelos rebeldes, pingando de suor na cozinha enquanto ficava parada entre as panelas com diferentes tipos de comida, que ela sempre preparava caso visitas inesperadas aparecessem — com a imagem do Monsieur Mounir, vestindo um jaleco respingado de todas as cores, em pé na sala auxiliar à sala de aula de artes, preparando potes cheios de tintas a óleo.

Monsieur Mounir costumava nos ensinar a preparar tintas a óleo em pequena escala. Tudo o que precisávamos era de um pedaço quadrado de vidro, o qual colocávamos firmemente sobre a mesa, e sobre ele colocávamos uma pequena gota de corante e misturávamos com óleo de linhaça usando uma faca de pintura. Se surgissem alguns grumos, bastava pressioná-los com a faca de pintura e continuar misturando-os até dissolvê-los por completo no óleo e, assim, teríamos a cor que quiséssemos.

A cena de minha mãe trabalhando na cozinha continuou aparecendo ao longo dos anos da minha vida, embora com conversas diferentes e mais desenvolvidas. Não eram realmente conversas. Era mais uma forma de expressar os sonhos e desejos que tinha muita vergonha de contar-lhe cara a cara. Então eu aproveitava que ela estava imersa na culinária para revelar a ela meus segredos mais íntimos sem me envergonhar. Da mesma forma que você pode contar as coisas pelo telefone que nunca conseguiria dizer pessoalmente.

Na minha infância, eu era como as gotas de cor crua. Digo à minha mãe: "Quero me casar com alguém com cabelo liso, repartido ao meio e comprido. Igual a aqueles homens que vejo tocando em bandas de jazz". E mais tarde, quando fui apresentada à revista *Samar*, Franco Gasparri se tronou a figura dos sonhos.

Minha mãe coloca óleo de linhaça sobre todas as gotas para dissolvê-las e responde: "Por que um homem tão fofo iria querer se casar com você? Um homem bonito como esse gostaria de se casar com uma mulher branca como ele. Tarek é a melhor escolha pra você".

"Mas ele raspa o cabelo todo."

"Quando você se casar com ele, faça-o deixar crescer."

Mais grumos e protuberâncias surgiram na mistura de cores quando eu fiquei um pouco mais velha.

"Quero me casar com alguém que seja francófono, como eu."

Minha mãe amassa os grumos com a faca de pintura.

"Pare de ser superficial. Você irá ficar falando francês em casa? Tarek está impressionado com você por estar em uma escola francesa e foi criado em Minia. Você sempre permanecerá impressionante aos olhos dele."

Agora as cores estão completamente dissolvidas no óleo de linhaça, exceto que sua espessura precisa ser suavizada com a faca de pintura.

"Quero viver uma grande história de amor."

A cor dissolve-se completamente no óleo de linhaça e está pronta para ser usada em uma pintura com o próximo discurso de minha mãe:

"Todos os casamentos por amor fracassam. O amor vem com o compartilhamento da vida após o casamento."

A melhor coisa que aconteceu depois que o contrato de casamento foi assinado é que Tarek convenceu meus pais a me deixarem viajar para a Alemanha representando o Egito como uma estudante de Medicina brilhante que ficou em primeiro lugar no torneio de tênis de mesa interuniversitário. A bola obediente é rebatida e retorna, apenas para ser rebatida novamente e retornar mais uma vez. Pingue-pongue, pingue-pongue, pingue-pongue.

LEILA

Não, não sou completamente inocente a respeito do desejo de Nunu de acabar com a própria vida. O que poderia significar que a escolha do dia de acabar com a sua vida coincidisse bem com a data do meu aniversário? Por que ela escolheria dia 7 de setembro entre todos os outros dias para comemorar uma memória dolorosa? Ou ela está tentando enviar alguma mensagem?

"Tudo tem um início e um fim, e nós temos dois inícios e continuaremos renascendo até o dia de nossa morte". Esse era o seu ditado, Nunu, e sua crença profundamente arraigada.

Nosso primeiro início foi em um dia como esse, no dia em que vim a esse mundo, quando nos encontramos fisicamente. E nosso segundo início foi também em um dia como esse, quando nos conectamos espiritualmente.

Isso aconteceu na manhã de um 7 de setembro, muitos anos atrás. Como sempre, eu estava sozinha em casa. Estava arrumando meu uniforme da escola porque iria começar o segundo ano do ensino médio em poucos dias. Também estava preparando o almoço para o meu pai quando me lembrei que ainda teria que passar o vestido branco que usaria no jantar de aniversário que a família prepararia naquela noite.

A sua ligação me surpreendeu. Você costumava ocupar seu lugar na fila todos os anos depois que eu apagava as velas para me dar um beijo e um ursinho de pelúcia ou uma boneca. Você me veria algumas poucas vezes ao longo do ano. O relacionamento de meus pais sempre esteve no limite. A margem da estrada deserta me levava até Alexandria na maioria dos dias do ano — onde a minha mãe nasceu e onde ela se rebelou contra o seu casamento. E quando ela abriu a porta e anunciou que queria uma partida definitiva com um divórcio definitivo que não pudesse ser revertido, a família faraônica não aceitou essa partida. Mesmo a partida definitiva não era aceita pelos ancestrais deles e sempre esteve associada à promessa de retorno e ressurreição. Logo essa mulher era uma violação de todas as dádivas e a família a colocou na lista "daqueles que partiram sem permissão". Pecadores.

Você me disse "*bon anniversaire*", mas a sua voz estava robótica e senti que havia outro motivo para o seu telefonema. Eu estava certa. Você não perdeu tempo com conversa fiada e, como sempre, me surpreendeu com o inesperado. Me perguntou se eu estava feliz com a situação social em que me encontrava. Você queria uma resposta clara e direta, que a levaria para a sua próxima pergunta: se eu queria realizar negociações secretas para convencer a minha mãe a retornar, depois de ter partido por mais de um ano.

A partir dessas duas perguntas, tive certeza de que você não me via como uma criança sem direito de tomar suas próprias decisões. E que você era diferente de toda a nossa tribo, mas a sua diferença estava enterrada, era secreta e misteriosa. E que você aproveita de suas características que são tão típicas de toda a família e as usa como disfarce para esconder as suas próprias. E que você penetra facilmente em minha mente e que, apesar de nossas semelhanças na aparência e apesar da minha juventude, escondo uma mente madura. Respondi às suas perguntas com outras: "Você pode garantir que meu pai não continuará sendo um fracote em frente à sua mãe? Você pode garantir que todas as suas tias — maternas e paternas — deixarão de interferir em todos os detalhes de nossas vidas que meu pai confiante repassa a elas — detalhes que retornam como bombas-relógio que explodem a paz de nossa casa e afetam o corpo de minha mãe?".

Sua resposta foi um simples: "La"[5] — a segunda sílaba do nome que você escolheu para mim, "Lila". Seu "não" saiu como se estivesse satisfeita com a minha resposta. Era como se agora você tivesse certeza de que os encantos que sussurrou para mim no meu primeiro dia de vida — que eu deveria me co-

---

5 Não, em árabe.

nhecer, e sua alegria secreta por meus genes serem diferentes, uma violação dos textos sagrados da família — funcionaram. O nosso ser diferente de todo mundo era o nosso novo segredo e, silenciosamente, prometemos guardá-lo.

Então você iniciou a jornada da segunda descoberta mútua me apresentando ao mundo de nossa ligação espiritual. Você me disse: "Sabendo que é de Virgem, você carrega consigo o símbolo da colheita. Você passa a maior parte do tempo separando o trigo do joio e a maior parte de sua vida distinguindo entre o que é precioso e o que não tem valor, até traçar um caminho para si em direção a um estado de pureza interior. E agora te provarei isso".

À noite, em meio às vozes altas, barulhos de conversa, palavras sem sentido que voavam por aí e restos de bolos coloridos esmagados nos pratos espalhados, você me mostrou um cartão multifacetado que desenhou. Era na forma de uma porta cinza, abrindo para um vasto mundo cheio de desenhos florais da arte islâmica. Flores cujo azul variava desde um azul-celeste a um turquesa e até mesmo um azul-escuro do Nilo.

Eu lhe disse como acho maravilhoso que flores azuis existam. Você disse: "Na arte, temos que aprender a ver as coisas à nossa maneira".

Esvaziei o envelope para encontrar o seu primeiro presente de verdade para mim: um colar delicado com duas pedras turquesas envolvendo um lápis-lazúli. Dessa vez, consegui ler o encanto que você escreveu para mim no verso do cartão:

"Desenhei para você uma grande porta abrindo em direção à beleza, então bata nela."

"Te dei duas pedras turquesas e uma lápis-lazúli. O azul-escuro da lazulita irá te chamar para a imortalidade, ao anseio de uma pureza e poder espiritual."

"Decore seu pescoço com a turquesa para lhe proteger do desconhecido e para embelezar sua sabedoria e conhecimento, para curar todas as doenças de sua alma e para ser uma fonte de alegria para seus olhos e maravilhas para sua mente."

Senti um raio de luz me iluminar de longe, uma nova energia me chamando da porta aberta. Com uma familiaridade, você me apresentou ao seu mundo secreto de cores e pedras preciosas e eu me tornei o produto espiritual de seus encantos de ágata, azul-celeste e turquesa.

Ainda não sei o significado por trás da mensagem que você quer me transmitir com sua ação que ultrapassou os limites do que é normal e do que não é. Então, irei tentar reler o seu testamento — o caderno de desenhos da infância que me deu um mês atrás quando passei o dia na sua casa. Eu tinha levado comigo o meu enorme livro de colorir e você tinha uma cópia exata dele.

Sua governanta e companheira de infância, Suad, riu ao nos ver rir ao examinar nossos exemplares de *Cenas egípcias*,[6] escrito e ilustrado por Helmi Eltouni.

"Oh Deus, Nunu, quem te ver assim nunca irá adivinhar que é uma grande médica e professora e que tem um filho adulto." Ela colocou as xícaras de Nescafé em frente a nós. "E quem ver a senhorita Leila assim ainda achará que ela é uma estudante."

Na contracapa do livro, o autor havia escrito: "Um livro que contém cenas muito egípcias que desapareceram ou quase desapareceram de nossas vidas. Pinte esse livro e guarde-o como uma lembrança de um passado simples e bonito, se você é velho. E se você é jovem, peça aos seus idosos para lhe contar as histórias por trás dessas cenas egípcias".

Foi assim que me contou sobre as imagens do livro de que mais gostava:

O balanço de Zagazigue — a boneca *moulid*[7] — o carrinho de tremoço em conserva — o homem macaco — a caixa de imagens — o barco do Eid — os fantoches — as bonecas tatuadas. Antigas e novas tradições que você amava imortalizadas como se fossem estéticas extintas.

---
6 Tradução livre. Kan zaman (مناظر مصرية), livro infantil árabe publicado em 2009.
7 Para a celebração do nascimento do profeta Maomé, os egípcios têm a tradição de preparar bonecas comestíveis. Elas são feitas a partir de uma calda de açúcar que é despejada em moldes.

Depois eu te perguntei sobre o seu caderno com as histórias misteriosas que você me contava repetidamente para me explicar o que não conseguia entender.

Você o tirou daquele armário abarrotado de papéis e desenhos secos e me disse com uma simplicidade que não entendi na época: "Tome. É todo seu".

Minha alegria por você ter me concedido essa honra me fez incapaz de expressar minha surpresa por você ter desistido — e de maneira tão fácil — de um pedaço querido de sua infância. Mas agora, a verdade se manifestou.

Você pegou um marcador azul grosso e escreveu na capa esfarrapada: "Para Lila, saia para a luz do dia".

Como então poderia não entender? Talvez eu pudesse ter impedido você de cometer esse ato horrível.

Embora *Saia para a luz do dia* fosse apenas o título original do que foi chamado erroneamente de *Livro dos mortos* dos antigos egípcios, você realmente gostou de todas as possibilidades criadas pela sua imaginação de "saia para a luz do dia".

Isso foi o que me disse quando contou a história de nossa família. Foi um dia daqueles de colorir, mas estávamos brincando com as contas coloridas, fazendo colares e desfazendo-os, somente para recriar novos padrões. Naquele momento, você se lembrou de seu antigo caderno de desenhos e me disse: "Venha, vou te mostrar como as coisas são remodeladas".

Na primeira página:

Longas linhas que preenchiam a página igual a barras de uma cela de prisão. Atrás delas, o Nilo, barcos, uma igreja, um sino enorme e uma menina desenhada de uma maneira muito tosca, abrindo a boca em um grito, seus braços e pernas abertos como se estivesse sendo crucificada no ar. Mas ela não ousou chegar perto do portão.

O portão do jardim de infância do convento em frente ao Museu Egípcio na Praça Tahrir. O jardim de infância era separado da primeira série por um portão de ferro, como se você fosse colocado em uma gaiola para que pudesse observar todas as outras crianças ou para que pudessem lhe observar.

Depois, você foi transferida para a seção francesa só para meninas da escola, que também era separada da seção italiana que atendia aos filhos e filhas da comunidade italiana. Você costumava observá-los como se fossem bonitos, criaturas livres que desfrutavam de liberdades que você nunca tivera e nunca teria pelo resto da vida. E eles costumavam te observar como se fosse uma criatura em perigo e desprezível.

E a sua posição como a filha da Sra. Salwa, a professora de religião, colocou outro portão invisível em sua volta. Era um portão de papel celofane que te envolvia, restringindo seus movimentos e proibindo qualquer capricho ou aventura infantil.

Minha avó/sua mãe, Sra. Salwa, não foi nomeada professora de estudos islâmicos por razões religiosas. Pelo contrário, foi porque ela trabalhava como professora de árabe na escola perto de casa. Ela era igual a qualquer outra mulher dos anos 1960, que trabalha e ajuda financeiramente seu marido para que pudessem dar aos filhos a melhor educação. Sua família nos anos 60 era bem típica.

As mulheres costumavam vestir roupas reveladoras, tanto em cima quanto embaixo, apesar do fato de você ter se mudado de Minia. E em um canto da sala de jantar, havia um buffet pequeno que não vemos mais nas casas de hoje em dia. Quando te perguntei sobre ele, você me disse que era um bar. Era uma parte essencial das salas de jantar da época. Um pequeno buffet quadrado com duas portas que, quando aberto, era forrado de espelhos. Agora, era usado como local para armazenamento de porcelanas ou copos obsoletos folheados a ouro. Mas você me contou que costumava estar cheio de garrafas de vinho, uísque e champanhe, quando sua mãe costumava trabalhar como professora de religião.

Sua mãe trabalhou como professora de árabe anos antes de dar à luz a você e entregou os cuidados de seu irmão Khaled, meu pai, à empregada. Com o passar dos dias, o corpo de seu irmão ficou fraco. Ele costumava vomitar tudo o que comia e sempre sentia-se tonto e sonolento. Os estimuladores de apetite e os medicamentos fortalecedores que os médicos prescreveram não ajudaram. As freiras sentiram pena de sua mãe pela angústia dela com o filho, então lhe deram a aula de religião, cujo horário lhe permitia passar mais tempo com o filho sem comprometer o seu salário. Isso também lhe daria o benefício de poder matricular a sua filha — caso ela desse à luz — na escola com valores reduzidos.

Um dia, sua mãe chegou em casa mais cedo do que o normal. Achando que a governanta havia colocado Khaled para dormir, ela andou na ponta dos pés para não o incomodar e acabou encontrando a empregada segurando uma lata de querosene sob o nariz do menino e fazendo-o cheirar até dormir para que pudesse visitar as empregadas dos apartamentos vizinhos pela porta da cozinha que levava à escada de ferro.

Esse incidente ocasionou dois efeitos, como feridas abertas ou uma cicatriz profunda, no psicológico familiar: Khaled sempre foi tratado como uma vítima, inválido e fraco, mesmo depois de ter melhorado, crescido e se tornado o professor de química na mesma escola. O outro efeito foi o hábito de caminhar na ponta dos pés para descobrir os crimes dos empregados, de evitá-los antes que acontecessem, partindo da premissa de que "ser desconfiado é ser esperto". Isso porque empregados eram uma parte importante de todos os lares espalhados por todos os lugares, desde os dias de Minia até a mudança para o Cairo, e para o "sair para a luz do dia", ou a incursão de agosto para o apartamento em Alexandria, que parecia uma pequena pensão.

Retorno para a menina crucificada no ar. Seu grito deseja romper o portão de ferro e o celofane, você quer cometer pequenas loucuras, como conversar na sala de aula ou sair mais cedo e passear pelas ruas do centro do Cairo, ou mesmo caminhar mais lentamente para casa quando um dos filhos do vizinho ou um ou dois meninos da escola ao lado seguissem você. Você tinha que caminhar como um soldado, caso alguém da família a visse. As casas deles estavam espalhadas por todo o bairro próximo à sua casa que dava para o Nilo. Eles moravam em ruas paralelas e que cruzavam a sua: Qasr Al-Aini, Champollion e Ramsis. Eram como os antigos egípcios que construíram casas de barro ao redor do Nilo e continuaram assim até os dias de hoje.

Então havia o terceiro portão que limitava os seus movimentos e a cercava: assemelhava-se à gaiola onde você foi colocada no seu primeiro ano da escola. Esse portão é a grade de ferro da varanda que dava para o Nilo: o sonho de todo ser humano racional, seja rico ou pobre, seja altamente ou modestamente ambicioso. Era o local de passeio preferido de todos da família. Seus conhecidos que queriam sair mudavam de planos e transformavam o passeio em uma visita apenas para sentar-se em sua varanda. Até mesmo os funcionários da mídia do prédio adjacente Maspero costumavam subir até o telhado para tirar fotos de tirar o fôlego do Nilo, da Torre Cairo, das mansões de Zamalek, da balsa do rio e dos pequenos barcos. Todo o Egito podia ser visto de relance por trás daquela grade.

Mas porque você estava acostumada a isso, a cena perdeu o glamour para você e levou à consequência esperada de viver no Nilo: você nunca saiu. Seu pai diria: "Que beleza consegue superar isso?". Era como se ele ainda trabalhasse como engenheiro na Guarda Costeira dia e noite. Então, durante o dia, ele ia para o escritório que ficava perto para assinar papéis e finalizar projetos e, durante a noite, ele assumiria o papel de guarda na varanda, com vista para o seu amado Nilo.

Você nunca visitou ninguém da família, pois todos vinham até você; mesmo se quisessem cumprir suas obrigações sociais, trocar cortesias amigáveis e fortalecer laços familiares, sempre diziam que estavam vindo. Sua mãe e avó estavam constantemente em alerta máximo na cozinha, se preparando para qualquer visita surpresa. Isso sempre fazia você sentir que sua privacidade estava ameaçada, pois sempre tinha que ficar sentada em casa com roupas limpas, aguardando a campainha tocar. Até mesmo seus convidados começaram a vir vestidos com as melhores roupas quando se espalhou a notícia de que equipes de televisão haviam tirado algumas fotos do telhado ou do piso térreo durante as visitas de parentes.

"Veja como nessa foto eu expressei todos os diferentes tipos de cerca com apenas um portão, mesmo sendo ainda uma garotinha?" Você disse isso enquanto eu estava procurando por uma conta amarela para acrescentar à azul. "Não, pegue uma bege no lugar. É mais bonita. Bege e azul-claro são como o deserto e o céu. Deus criou essas duas cores juntas para nos dar uma sensação de vastidão."

Eu estava ficando sufocada por aquele primeiro desenho de seu caderno e perguntei, brincando: "E esse portão, não se refere a mais nada?".

Você me surpreendeu quando disse que o que você me contou representava apenas uma ou duas ou três das barras do portão. Quanto ao resto, eram como as pessoas cujas formas e gestos eram repetidos continuamente nos rolos de papiro egípcios.

As características físicas, ideias, teorias convencionais e alternativas de sua família foram regeneradas devido aos casamentos entre parentes, que ocorreram sem nenhuma razão convincente além do costume prevalente. Vocês não eram a aristocracia de sangue azul tentando proteger a sua linhagem real, não eram ricos proprietários de terra temendo a divisão de sua riqueza ao se casar fora da família. Vocês possuíam apenas alguns hectares por família e todos foram vendidos por apartamentos e carros de classe média no Cairo. A única coisa fora do comum era você morar naquele apartamento que o pai de seu avô alugara e passara de geração em geração para que a vista preciosa não fosse perdida. As expressões faciais de seus amigos e colegas de classe mudavam quando descobriam que você "morava no Nilo", o que acontecia com tanta frequência que também se tornou normal.

"Sair para a luz do dia" era o mês para romper a cerca, as muitas cercas. Em agosto de todos os anos, o clã todo — pais, tios (tanto paternos quanto maternos), avós — mudava para aquele apartamento em Sporting que dava para Corniche em Alexandria. Esse foi o lugar que você finalmente escolheu depois de anos alugando diferentes apartamentos, também em Corniche, Ibrahimiya e Cleópatra. Todos eles eram "sair para a luz do dia", como quando o mar aberto se encontra com o céu no horizonte distante, e você escapou da possessividade de seus pais que fora causada pelos temores instilados neles pelo incidente de Khaled. Durante aquele mês de luz do dia, era como se seus pais tivessem cheirado o querosene e estivessem tentando escapar de suas preocupações e medos, fugindo das responsabilidades das grades e do rio que era limitado por suas duas margens, de serem responsáveis pela guarda da costa, bem como pelas consequências de ensinarem religião. Mesmo Khaled, que foi erroneamente rotulado com fraqueza, mansidão e incapacidade, respirou fundo aquele ar iodado do Mediterrâneo e foi dominado pelo desejo de se casar com minha mãe. Foi um afastamento gritante das tradições familiares: casamento com uma mulher alexandrina. E como naquela época, seus pais estavam sob o efeito de cheirar querosene, eles concordaram subconscientemente, tentando compensar a privação de meu pai de uma infância por causa de sua fraqueza e doença. Esta foi a ilusão que cultivaram e com a qual conviveram. Usaram isso como desculpa para concordarem com o casamento de meu pai com uma estranha, a filha do mar que se abria para o céu. Por isso, quando se sentiu sufocada pelas margens estreitas, sentada atrás das grades da submissão tanto para os habitantes quanto para os convidados, e pela ilusão da fraqueza e incapacidade que se atribuiu ao meu pai, ela abriu as portas completamente, retornou à cidade dos dias coloridos e saiu para a luz do dia.

NIRVANA

O coma me balança para a esquerda e para a direita como se eu estivesse viajando por uma estrada esburacada. Lentamente, ele me leva cada vez mais alto, então, de repente para. Ele irá me abandonar e me lançará de volta ao mundo da consciência tão rapidamente? Não. Aqueles eram os freios do ônibus em frente ao albergue da juventude, a única coisa no topo do pico mais alto dos Alpes Bávaros.

Aquelas duas horas que passamos na Rota Romântica foram como um sonho, um estado parecido com o coma que tanto prazer me dá nesse momento. O primeiro sonho foi a minha fuga das garras daqueles portões pela primeira vez na vida e por motivos que eu mesma mal conseguia acreditar.

A mesa de jantar da nossa casa. Durante as férias de verão, sempre colocávamos uma rede de tênis de mesa nela. Essa rede havia chegado em nossa casa por coincidência, um presente para mim e para o meu irmão Khaled quando éramos jovens. Sempre jogava nela com qualquer um que viesse nos visitar, fossem amigos ou jovens membros da família. Costumava passar horas jogando todos os dias sem perceber que essas horas com as quais passava o tempo na verdade eram um treinamento intensivo de jogo para mim. Descobri as regras depois, quando mencionei que queria participar do torneio interuniversitário. Foi ótimo que descobri que aprendera todas as regras por instinto. Toda vez que cometia um erro quando estava jogando com alguém no passado, isso me ensinava uma regra, até que consegui acertar aquela bola com tanta força e talento que ganhei o primeiro lugar no torneio e acabei nessa viagem.

Quanto ao sonho que estava dentro do sonho, era a Rota Romântica. É uma estrada que atravessa o interior da Alemanha, destacando aldeias antigas com cercas antigas, belos prados e pequenas cidades, tão lindas que poderiam ter sido objeto de uma fotografia brilhante.

E, no final, a estrada sobe até o pico que domina as colinas e montanhas da Alemanha. As montanhas evocam em mim uma sensação de admiração, talvez porque estejam tão perto do céu ou talvez porque as religiões as ungiram e as imbuíram de um sentimento de espiritualidade.

Sinto como se tivesse me despojado do meu passado e me tornado uma pessoa diferente, uma pessoa que viverá como uma estranha em uma casa solitária, cercada por nada além de árvores imponentes no topo do pico mais alto de um país europeu. Uma garota marroquina da minha idade divide o quarto comigo. Falamos apenas em francês, pois não consigo entender seu difícil dialeto. Tanto a delegação egípcia quanto a marroquina decidiram falar em árabe clássico para superar o problema dos dialetos, exceto por nós duas, porque eu era a única egípcia que sabia falar francês.

Todos saímos do ônibus semiconscientes e sem fôlego com o esplendor da cena. A casa tem vista para um grande lago verde-azulado escuro, cercado por colinas verdes florescendo com flores de todas as cores e, ao fundo, as montanhas azuis-azure. E então ele aparece: Franco Gasparri. Quero dizer, alguém que se parece exatamente como ele — a imagem dos sonhos —, o cabelo caindo na testa e um bigode conectado à barba bem cuidada. Ele está tendo uma conversa profunda com os supervisores da nossa viagem: Sra. Amina, Sr. Hussein e Sr. Ahmad. Ele também deve ser um supervisor ou coordenador da viagem.

Acomodar todos em seus quartos no segundo andar da casa levou menos de meia hora. Depois nos trocamos e descemos para o salão da recreação, onde as duas delegações árabes iriam se encontrar com as duas delegações mais jovens da Holanda e da Bélgica.

Caminho distraidamente, sem saber qual será o meu próximo passo. Não conheço todos os nomes dos lugares de imediato, mas descubro cada canto aos poucos nas primeiras vinte e quatro horas.

Josef está diante de uma tela de projeção que ocupa grande parte do salão de recreação. Ele apresenta todas as atrações que o albergue da juventude irá oferecer e nos diz que cada pessoa pode escolher o que mais lhe convier. Para mim, prancha à vela está completamente fora de questão, já que um de seus requisitos é saber nadar. O montanhismo exige força física e coragem para escalar rochas íngremes, então também está fora de questão.

Nada sobrou para mim a não ser caminhar nas montanhas. Nada mais me agrada e Amena também escolheu isso, assim como um grande grupo de egípcios e marroquinos.

"*Est-ce que cette place est libre?*" Esse assento está ocupado?

Mais uma vez o sósia do Franco Gasparri, o jovem supervisor. E ele fala francês?

Ele se senta ao meu lado e de Amena para escutar o resto da apresentação de Josef sobre a nossa programação de viagem.

Me pergunto onde ele estava durante a nossa viagem de avião e a viagem de duas horas pela Rota Romântica. Ele estava com a Sra. Amina e o Sr. Hussein no assento bem à minha frente? Eu estava tão perdida nos meus próprios pensamentos que não o notei?

Começo a conhecer o local: o salão de recreação, a discoteca rústica, as mesas são todas de teca escura, e três das paredes são brancas, enquanto a quarta é uma janela de vidro da largura da parede, aberta para a cena magnífica que circunda a casa. Pelo menos é o que imagino, quando a escuridão começa a se aproximar. Então não há nada no salão da recreação, exceto marrom e branco, intimidade e pureza.

Viro-me para falar com Amena, apenas para encontrar a cadeira onde o jovem supervisor estava sentado. O som da conversa está notavelmente mais alto depois de todos escolherem as suas atividades e fica visivelmente no canto direito. O jovem supervisor rodeado por um grupo das quatro delegações. Ele fala algo que não consigo entender e todos caem na gargalhada.

Raios de luz caem sobre nós da bola prateada pendurada no teto da discoteca — vermelho, roxo, fúcsia, turquesa — e dançam no ritmo da música. O jovem supervisor caminha entre as mesas e puxa os que ainda estão sentados para a pista de dança.

Quase não consigo lembrar a linha divisória entre o momento barulhento e os sonhos que tive no segundo andar. Eram sonhos diferentes de qualquer sonho. Não havia pessoas neles, nenhum evento. A única coisa que os diferenciava era a sua cor: o sonho verde, o sonho roxo, o sonho fúcsia, o sonho turquesa...

LEILA

"Nirvana." Dizem que o nome de cada um desempenha um papel em seu destino. Mas o seu não. Você não gostava do seu nome porque soava estranho para as pessoas durante a sua infância. Você tinha que repeti-lo inúmeras vezes quando um professor ou comerciante que estava tentando agradar a sua mãe lhe perguntava. Você dizia: "Nirvana".
Respondiam: "Neveen?".
Você repetia: "Niiiirvaaaaana".
Então respondiam: "Nevana?".

Você também tinha reservas sobre o significado, pois referia-se ao estado em que uma pessoa se liberta do corpo e dos desejos e atinge os níveis mais elevados de pureza espiritual, que então quebra o ciclo de reencarnação e transmigração da alma em outros seres.

Você desejava uma imortalidade diferente de seus ancestrais. Desejava, por exemplo, reencarnar em mim, "Lila"; colocar um pedaço de si no sopro ou na alma de outra pessoa — por meio de uma de suas pinturas — usando uma cor que você ama e que também infunde sua vida com alegria e energia. Então, quando a família lhe deu o apelido de "Nunu" por causa de seu tamanho pequeno e pela dificuldade do nome que lhe foi dado por motivos desconhecidos, você ficou feliz, pois usou o nome e o adjetivo para esconder a grande menina que estava dentro de você. Você o usou como uma casca externa que lhe permitiu insinuar-se facilmente nas conversas, analisar e desmontar as teorias sem ao menos perceberem que estava lá.

"Nunu." Que desastre fez você se abandonar e se atirar naquele terrível redemoinho? Onde estão as teorias nascidas do seu eu mais íntimo como se fossem suas filhas e luz? Tais teorias que você nunca impôs a mim, mas me ofereceu como um bote salva-vidas quando ergui minhas mãos, procurando por resgate. Onde está a teoria das alternativas? E que cada dor contém dentro de si a esperança? Onde?

E se a sua tentativa de se livrar da sua vida for bem-sucedida e você continuar nesse coma, ou se esse coma a levar à morte? Quem me salvaria, então? Por que não usa um encanto semelhante ao que usou em mim quando transformou o meu desejo de me transformar em nada — quando descobri que Nizar era casado — em uma insistência em continuar vivendo?

Fui ingênua em pensar que você se afastaria de mim quando lhe contei a história sobre a minha admiração por Nizar e que você me olharia como se eu fosse uma garota superficial, o mesmo olhar que dou a quem existe somente na órbita de um amado. Durante um ano inteiro, ele me observou à distância como meu professor de informática do instituto que frequentava à noite.

Eu não prestava atenção nele do jeito que as outras garotas prestavam, elas o rodeavam após as aulas. Em vez disso, eu caminhava para casa, carregando meus sentimentos comigo, guardando-os para ele para o dia em que viveríamos sob o mesmo teto. Usava meu coração como um cofre para as minhas emoções e segredos enterrados profundamente, até que um dia uma das minhas colegas de classe abriu o cofre com um único golpe, espalhando tudo o que estava dentro dele. Ela simplesmente perguntou a ele: "Sua filha é uma especialista em informática como você?". E com ainda mais simplicidade, ele respondeu: "Ela não tem nem um dia a mais do que nove meses".

Eu me encolhi na minha cama e o amaldiçoei por tirar vantagem de mim com seus olhares que plantaram dentro de mim um sentimento bonito, que crescia mais a cada dia que passava. E o odiei por trair sua esposa, com quem, julgando pela idade da filha, ele ainda parecia ser recém-casado.

Eu o amaldiçoei e o odiei e desisti de encontrar um homem fiel sobre a face da Terra.

No dia seguinte, estava no telefone com você e o seu sexto sentido estava em alerta máximo, assim como a sua visão do mundo invisível. Você me perguntou espontaneamente, como se estivesse me perguntando sobre a minha saúde ou como as coisas estavam: "O seu estado emocional está bem?". A última coisa que eu poderia imaginar era que, em menos de quinze minutos, você transformaria a minha raiva em prazer, com apenas algumas palavras.

Nizar não estava se aproveitando. Talvez você tenha chamado a atenção dele. Talvez realmente te admirasse, pois você é realmente linda.

Nizar não era desleal. Ele nem sequer tentou falar com você uma única vez.

Nizar não é um mentiroso. Nizar está se comportando como um ser humano decente, pois seu estado civil é conhecido por todos.

Você foi aquela que se fechou em si mesma e nunca tentou descobrir nada.

E se Nizar é assim tão sensacional, então é mais provável que existam muitos outros iguais a ele ou ainda mais incríveis. O que importa é que esperemos o extraordinário e ele virá até nós.

E o que é ainda mais bonito, Nunu, é que você me deu licença para ser aberta sobre minhas emoções, as quais você descreveu como naturais e belas, então eu amei o mundo e me amei.

Então, como você pode permitir que um redemoinho te derrote tão facilmente? Ou é essa a teoria do "chamado"? Minha cabeça parece que vai explodir quando tento me lembrar de todas as suas teorias para aplicá-las a essa situação e tentar encontrar o verdadeiro motivo por trás de sua tentativa de suicídio.

Uma vez, você me disse que quando uma pessoa fica traumatizada ou sofre algum acidente em um lugar, ela perde um pedaço de si. E esse pedaço nunca mais retorna, a menos que a pessoa retorne ao mesmo local. Então o mar te chamou? Aquele mar que carrega a sua amargura e o misterioso nó na garganta que você e sua família engoliam enquanto observavam o mar expulsar os corpos das pessoas que se afogaram em agosto em frente ao seu apartamento em Sporting? Mas todos vocês superaram ou ignoraram a constrição em seus corações e abraçaram alegremente as mesmas ondas que, apenas segundos antes, haviam sido a sepultura de um jovem ou uma jovem. Ou vocês já se acostumaram a ver os feridos e as gotas de sangue de cor rubi, já que seu apartamento ficava diretamente em frente ao pequeno posto de primeiros socorros da praia, ao lado das cabanas? Vamos tentar outra teoria. A teoria da energia. (A história dos eventos está gravada nas paredes, mobília e pisos. Doenças e eventos recorrentes cercam um lugar e estão profundamente enraizados nele, exercendo uma grande influência sobre os residentes atuais.)

Isso poderia explicar a influência do apartamento de Sporting em sua família. Eles afrouxaram o domínio tenaz sobre seus arquétipos de normalidade e aceitaram afrouxar tudo o que não era familiar e irracional durante aquele mês.

Talvez tenha sido porque o apartamento de Sporting era alugado para outras pessoas e para outras famílias durante o resto do ano. E talvez fosse porque aquelas famílias marcavam sua presença nos móveis antigos e lascados e nos azulejos coloridos e com desenhos entrelaçados, e naquelas paredes com aquele cheiro do amado bolor. O "Amado Bolor", dois opostos que se unem. Como o mar que é traiçoeiro, mas nos dá uma sensação de conforto e calma.

Retornemos ao seu caderno de desenhos, aquele outro enigma que me deu. Na segunda página: dois rostos de uma só mulher, como se estivesse olhando num espelho. Mas a mulher fora do espelho era ruiva, usava maquiagem berrante, dois brincos pendurados nas orelhas e um grande colar em volta do pescoço. No espelho, está a mesma mulher, mas seu rosto está colorido em um tom amarelo pálido e o colar em volta de seu pescoço agora é uma corda grossa pendurada por cima, como se fosse um nó corredio.

Você me disse que esse era um desenho de sua tia materna, tia Hoda, a mãe de seu esposo Tarek. Nunca a vi porque ela faleceu antes de eu nascer.

O tio Shihab insistiu um dia em comprar um apartamento na Delta Street perto de Corniche que eles costumavam alugar todos os anos, já que estava sendo oferecido por um preço muito baixo. O apartamento precisava de reformas constantes, especialmente o chuveiro, que sempre estava visivelmente torcido. Sempre que o encanador vinha para consertá-lo, ele voltava ao seu estado torcido. O tio Shihab recusava-se a colocar qualquer coisa nova no apartamento com a desculpa de que era simplesmente um lugar para dormir durante aquele mês de verão e que já havia pagado o suficiente para comprá-lo.

Algo estranho que você não entendeu foi quando você e Suad, a empregada de sua família, foram contar à tia Hoda uma coisa. Suad sempre se recusava a entrar no banheiro. Às vezes, ela até transmitia a mensagem parada na porta e depois rapidamente te levava para comprar uma sobremesa gelada de coco e creme ou para beber um suco de manga antes do pôr do sol.

E porque você era "Nunu", você costumava sentar-se, sem ser vista com adultos na sala de sua avó, com a janela voltada para Corniche e para o Cassino Nefertiti, enquanto seu pai e o tio Shihab jogavam damas na ampla varanda. A tia Hoda sempre dizia: "Sempre que entro no apartamento da Delta Street, sinto como se um nó corredio estivesse em volta de meu pescoço, mesmo ansiando por esse mês em Alexandria tanto quanto um cego anseia por uma cesta cheia de olhos". Todos os médicos lhe disseram que suas doenças físicas eram apenas resultado de seu estado emocional e que somente "uma mudança de cenário" a curaria.

Ela também costumava dizer que em Minia a severidade e insistência do tio Shihab em suas próprias opiniões não a incomodavam. E ela nunca sentiu ciúmes exceto quando vinha à Alexandria. Em Alexandria, ela se sentia extremamente insegura e acreditava que ele queria que ela morresse para que pudesse se casar com a irmã de nosso vizinho Ahlam, com quem costumava flertar e provocar. E a corda apertava ainda mais o seu pescoço.

Sempre que a tia Hoda não conseguia conquistar sua atenção, tanto chorando quanto imaginando dores cada vez mais agudas no estômago e nas juntas, ela costumava tomar tranquilizantes.

    Foi uma noite memorável durante a última semana de agosto, quando seus pais, tia Hoda, tio Shihab e um grupo de amigos de verão saíram à noite no Hotel Cecil. Aquele lugar sempre lhe pareceu misterioso durante a sua infância porque era para adultos. E, então, você cresceu e sempre que se deitava em uma de suas camas ou olhava para o Forte de Qaitbay de suas janelas, você sempre se sentia tão feliz quanto preocupada. E depois, você leu que, de acordo com os arqueólogos, Cleópatra bebeu o veneno que a matou onde fica a porta de entrada deste antigo hotel.

    A tia Hoda aproveitou que o tio Shihab não estava prestando atenção nela e bebeu dois copos de cerveja, enquanto ele bebia uísque com os homens no bar. Ela estava no ponto mais baixo de seu ciclo emocional quando anunciou às mulheres: "Amanhã libertarei Shihab de mim pra sempre".

    Nesse ínterim, você aproveitou a oportunidade para convencer Tarek a enganar sua avó e a descer com Suad para assistir a uma procissão matrimonial no Cassino Nefertiti. Quando retornou, Tarek estava exausto e com sono. Você foi para o quarto onde estavam Suad, Naima, Mahasin e Saadiya. Elas não notaram a sua presença e estavam discutindo sobre qual delas iria limpar a casa de tia Hoda no dia seguinte. Cada uma queria que a outra fosse e todas estavam preocupadas que "o fantasma pudesse aparecer quando eu estiver lá!".

    Você descobriu depois que o apartamento de tia Hoda pertencia a um oficial do exército que havia se recusado a obedecer a umas ordens e foi destituído de seu posto. Um dia, uns meses antes do apartamento ser vendido, ele foi encontrado vestido em seu uniforme com todas as estrelas douradas e águias decorando seus ombros, pendurado pelo pescoço em uma corda amarrada no chuveiro.

Tio Shihab, que era durão o bastante para superar qualquer tristeza, também foi capaz de superar os medos populares da existência de fantasmas em lugares que testemunharam mortes violentas. Quando ele estava jogando damas com o seu pai e escutava notícias de que alguém próximo a ele havia morrido ou algum de seus amigos havia sido diagnosticado com uma doença terrível, ele parava de jogar por alguns segundos, se distraía e depois soltava um profundo suspiro, jogava os dados no tabuleiro de damas e repetia sua famosa frase: "Oh, Deus!". Esse se tornou o seu lema sempre que se via confrontado com a sua própria impotência diante do destino. Depois ele recolhia suas fichas e as colocava onde os dados ditavam para que o jogo continuasse, enquanto a roda da vida continuava girando.

Na manhã após tia Hoda roubar dois copos de cerveja e anunciar que aliviaria a todos de seus medos e doenças que não tinham cura, tio Shahib correu até nós, segurando Tarek pela mão, e anunciando: "Hoda está morta".

Essa foi a primeira vez que você ouviu as frases "Ela cometeu suicídio" e "pílulas para dormir" repetidas com vergonha em reuniões silenciosas e sussurradas no quarto das mulheres e nos aposentos dos empregados, onde você entrava despercebida.

Será que o acidente do oficial do exército no apartamento da Delta Street deixou para trás marcas nas paredes e no chuveiro quebrado? Foi por isso que a tia Hoda tirou sua própria vida sem sequer saber que a sombra daquele acidente cercava firmemente o lugar? Toda a família e os jovens empregados conheciam o segredo e conspiravam para escondê-lo para que problemas futuros não ocorressem e estragassem o único mês de felicidade deles, e para que pudessem continuar jogando, como o tio Shihab costumava jogar os dados sobre o tabuleiro de damas de madeira e dizer sua famosa frase: "Oh, Deus!".

E o mar te chamou para recuperar aquela parte sua perdida, Nunu? Aquela parte desapareceu quando você conspirou com o mar por cometer crimes contra nadadores inocentes e ignorar seus sentimentos de medo e reverência quando via aqueles corpos azuis sendo carregados para fora dele, sobre os ombros das pessoas como um funeral, apenas para mergulhar nele logo depois de ter visto aquilo, porque era para você estar vestindo o seu maiô vermelho e a sua touca azul com flores amarelas e acenar para a sua mãe, que estava te observando da varanda?

Você retornou a ele para procurar por aquela parte perdida e reparar seus sentimentos de culpa?

Se ao menos você me respondesse!

NIRVANA

> "*Quando ela me contou, Muhannad, rapaz, de pele escura e olhos contornados de Kohl*
> *Em vez de um beijo, pegue cem*
> *E pressione seus lábios um pouco*
> *Que Deus tenha paciência*
> *Com a garota beduína!*
> *Ó, protetor*
> *Da garota beduína!*"

Descobri que o nome dele era Muhannad por causa daquela música da viagem que eu escutei pela primeira vez. Ele continuou cantando-a no restaurante onde tomamos café da manhã.

"Legal, mas um pouco barulhento. Só queria um pouco de silêncio."

O barulho e risada que acompanhavam a sua cantoria contrastavam completamente com a música suave de piano que tocava nos pequenos alto-falantes que ficavam na cabeceira de cada cama às sete horas exatamente, para que pudéssemos acordar e estarmos no restaurante às sete e meia. O barulho também contrastava com a cena serena atrás da parede de vidro. O sol deu-lhe um brilho de cores e reflexões que a tornou simplesmente inacreditável. Me senti mais em casa quando vi aquela cena pela segunda vez e fui tomada pela sensação de que eu e o lago, as árvores e as montanhas coloridas nos tornaríamos amantes.

O nome de Muhannad era mencionado repetidamente pela Sra. Amina, pelo Sr. Hussein e por Josef. Talvez o fato de ele ser o coordenador de relações públicas lhe desse responsabilidades extras. É provavelmente por isso também que ele acordava mais cedo que todo mundo e ia para o restaurante com os outros supervisores.

"Mademoiselle...?"
"Nirvana."

Ele puxou uma cadeira para mim na mesa de jantar rústica ao lado do grupo de supervisores e começou a provocar Amena para que falasse com seu sotaque marroquino, em função do qual mal conseguíamos entender metade do que ela dizia. Ele parecia gostar de Amena.

No depósito atrás da casa, nos dividimos em três grupos e, de acordo com o tipo de atividade que cada grupo realizaria, cada um recebeu o equipamento necessário.

Eu estava absorta em experimentar os sapatos resistentes feitos especialmente para caminhar nas montanhas, as cordas de escalada, a capa de chuva de plástico e os patins de gelo que usaremos amanhã em uma pista de patinação com gelo artificial. Enquanto assinava pelo equipamento no grande livro de registros, senti um calor vindo do meu lado direito. Me virei para encontrar a fonte: ele estava perdido em seus pensamentos, olhando atentamente para mim.

Ele foi com o grupo de prancha à vela, e Josef e o Sr. Hussein vieram conosco para a nossa primeira subida para o paraíso de Deus na Terra. Os caminhos eram acidentados e os sapatos pesados, mas quem disse que o caminho para o paraíso era tranquilo? Depois de dez quilômetros de caminhada, paramos em uma colina larga para descansar. Quem quisesse se sentar ou se deitar poderia. Então, abrimos a sacola de comida, suco e leite e comemos e bebemos vorazmente depois de ficarmos tão cansados e famintos. Olhamos ao nosso redor com um cansaço espantoso.

"Aqui está uma imagem do jardim prometido aos piedosos: rios de água puramente eterna, rios de leite eternamente frescos, rios de mel claro, rios de vinho, um deleite para aqueles que bebem, todos correm nele; ali encontraremos frutas de todo o tipo."

Comida quente em porcelana branca, colheres e garfos de prata brilhantes e roupas de noite elegantes davam ao rústico restaurante matinal uma sensação de calor e intimidade.

O jantar é servido exatamente às sete da noite. Todos sentaram-se nos mesmos lugares como fizeram pela manhã, como se suas iniciais tivessem sido gravadas naqueles assentos. Me encontrei ao lado dele, trocando saudações silenciosas, enquanto comentários sobre incidentes engraçados que aconteceram naquele dia se espalhavam pelo salão. "Parece que amanhã irei caminhar com você." Ele sussurrou para mim.

"E eu vou te trair, Rashid", ele brincou com o seu colega de quarto marroquino.

Ele não aguentava ficar tanto tempo no lago. A prancha à vela pode ser feita em qualquer lugar, ele disse. Mas caminhar nas montanhas lhe daria mais oportunidades de continuar se movimentando. Ele odeia ficar em um único lugar por muito tempo.

E se, como nós, ele morasse atrás das barras da varanda durante quase um ano inteiro, indo para a escola ali perto e voltando correndo para casa, depois para a Faculdade de Medicina Qasr Al-Aini e voltando correndo ainda mais rápido para casa, como uma bola de pingue-pongue pulando alegremente, mas no fim apenas sendo acertada de uma ponta à outra da mesa?

A voz de Josef ficou mais alta enquanto anunciava alguma loteria. Eu estava perdida nos meus pensamentos e não entendi sobre o que ele estava falando. Amena explicou que ele estava anunciando dois números de quartos e as pessoas que estivessem neles teriam que lavar a louça naquele dia, até que todos tivessem a sua vez.

A louça que lavo em casa depois de todas aquelas intermináveis visitas surpresas não é o suficiente?

Quarto número 14 e número 10. Assim como toda pessoa é considerada feliz ou miserável no dia de seu nascimento, também foi escrito que eu lavo pilhas de louças. O quarto de número 14 é o que eu e Amena dividimos. Rapidamente terei que trocar de roupa para ficar em frente àquela pia enorme. Temos que carregar aqueles pratos pesados de porcelana bávara com muito cuidado para que não escorreguem de nossas mãos quando estiverem cobertos de sabão. Enfim, é melhor que os problemas aconteçam do que esperar que cheguem. Eu poderia muito bem terminar essa tarefa pesada no primeiro dia.

Todos estávamos usando jeans e camisetas velhas. Estavam lá Rashid e Amena, os marroquinos, e Muhannad, parado na minha frente. Ele pega um prato pesado, raspa todos os restos de comida dele com habilidade e delicadeza e depois o cobre com detergente, como se estivesse criando um trabalho de arte, mantendo o senso de humor e um sorriso que nunca saía de seu rosto.

Eu lhe perguntei: "Você não é supervisor? Como pode estar aqui lavando pratos como nós?".

Ele riu com tanta força que o prato caiu de suas mãos ensaboadas. E me surpreendeu com: "Sabe o que mais gostei em você quando te vi pela primeira vez? De sua inteligência!".

"Minha querida, eu acabei de terminar meu bacharelado em filosofia, fiz e passei no exame do Ministério das Relações Exteriores. E me sento com os supervisores porque a Sra. Amina é minha tia e todos os seus colegas vêm nos visitar na embaixada sempre que uma de suas viagens coincide de ser no país onde o meu pai é o embaixador."

A única resposta que consegui dar ao riso dele, e ao meu próprio auto-escárnio pelas ilusões que ocuparam a minha cabeça por dois dias, foi pegar um punhado de sabão e água e atirar nele. Ele, então, atirou um pouco em mim e logo Amena e Rashid foram influenciados e começaram a jogar sabão e água um no outro. Nós quatro logo nos tornamos esponjas molhadas, encharcadas de bolhas de sabão.

LEILA

O que significa quando uma menina contrai a síndrome do intestino irritável apenas um mês antes de seu casamento? Nunu me disse que este foi o início de sua jornada crônica com aquele cólon sensível. Ele se revolta contra ela quando ela insiste no silêncio ou em manter a paz, como sua mãe, suas avós e as freiras da escola lhe ensinaram que eram sinais de boas maneiras. Seu cólon a cutucava e anunciava sua rebelião criando um centro de dor em suas entranhas.

E o que significa quando uma noiva pede para se encontrar com o seu futuro marido fora de casa para jurar por tudo o que é sagrado que ela não ficaria chateada e que eles continuariam sendo Tarek e Nirvana, como irmão e irmã, se ele desistisse do casamento? Ela sentiu que ele não queria seguir adiante com isso depois que deixou de ser um garoto legal que brincava com ela e se transformou em um adolescente tímido que desviava o olhar sempre que a via e depois um jovem envolvido por um estranho silêncio. Então, ele jurou a ela que a sua aparência não expressava como ele se sentia internamente. Era como se estivessem no Supremo Tribunal e não como um casal de noivos prestes a se casarem em um mês. Eles deveriam estar sussurrando pela mesa em um restaurante tranquilo à luz de velas.

Agora, eu estou tentando entender a situação à luz dos incidentes antigos, pois entrar no labirinto do passado ilumina a escuridão do presente.

O que ela queria dizer ao me contar que, quando Tarek a beijou pela primeira vez, ela se sentiu como uma garota de borracha sendo beijada por seu irmão? E depois, se sentiu como uma mulher que perdera a sua pureza, e viajou para o outro lado do globo com aquele sentimento. Qual o significado de ela ter voltado daquela viagem uma pessoa diferente que insistia em realizar o seu sonho, anunciando a sua singularidade e diferença, com o desejo de viver em sua caixa de cores e deixar o rolo de papiro que continha garotas e mulheres faraônicas realizando incessantemente uma série de ações rasas e repetidas?

Mas como você sairia do rolo de papiro quando você está bem no meio dele? Você estava no terceiro ano da faculdade de medicina, onde se matriculou, pois era inevitável que você estudasse medicina ou engenharia ou algo do tipo, já que as ciências humanas são uma vergonha em nossa família. Por isso, a família me desprezou, a garota que carrega os genes da mulher estranha. Aquela que, quando me viu lutando com as matérias preferidas da família, me libertou da escola do convento e me transferiu para a ala de humanidades de uma escola em Moharram Bek. Foi um ato hediondo, não menos terrível que o primeiro.

Esse sentimento de desamparo a acompanhou nos últimos momentos de sua vida e lhe fez decidir anunciar a sua singularidade e o seu direito a pelo menos uma morte diferente?

E Tarek também se sentiu como um garoto de borracha beijando a sua irmã? Ele sentiu que tinha que se casar com você e cumprir os seus deveres emocionais para com você porque você estava ligada à vida dele como um texto sagrado que merecia ser salvo de um castigo terrível?

Ele também era igual a você, aspirando ao paraíso e fazendo o bem para alcançá-lo, mas sempre que ouvia qualquer versículo do Alcorão sendo recitado, sempre acontecia de serem os versículos que advertiam, e isso fazia com que ele o interpretasse como um sinal de advertência e vivesse toda a sua vida sobrecarregado com a culpa de todos que causaram estragos na Terra? Isso o fez seguir o caminho reto da família, com suas leis sagradas? E ele ainda pergunta: "Sou um deles? Quem é mais bem guiado: alguém que cai de cara no chão, ou alguém que caminha firmemente por um caminho reto?". Ele riscou seus sonhos e deu toda a sua herança como entrada em um apartamento no térreo que havia sido desocupado no prédio de sua mãe, para que você pudesse manter a sua obrigação herdada de guardar as margens do rio?

Mas como você poderia me contar sobre a preocupação de enfrentar o destino daqueles "cujos esforços neste mundo são equivocados, mesmo achando que estão fazendo um bom trabalho" e então me encorajar a sair do texto estabelecido pela família? Como você poderia desenhar papéis e diferentes cenas para mim, para que eu pudesse me tornar uma igual a eles no palco e nadar no espectro das cores brilhantes dos holofotes e, com isso, ameaçar a segurança da família por acabar com os seus moldes duplicados?

Não posso negar que te desapontei inúmeras vezes e me afastei das primeiras etapas da jornada rumo à mudança. Mas o que acho estranho é que você não usa o método mais fácil da família: culpar e rebaixar as pessoas. Este era o ponto central de todas as reuniões barulhentas que aconteciam o dia todo naquela casa grande, o apartamento de sua mãe. Eram reuniões familiares e alguém poderia apresentar um problema pessoal e os outros rapidamente o lembravam dos avisos anteriores e que este problema nunca teria acontecido "se ele apenas não tivesse...". E todos saíam daquela reunião com o coração pesado com os seus próprios "se eu apenas não tivesse..." e não sabendo o que fazer a respeito disso.

Como você não pode me culpar quando eu lhe apresentei um fracasso atrás do outro? Sabia o quanto você queria que eu alcançasse algo que transmitisse algum significado, uma palavra que tocasse o coração de alguém e desenhasse um mundo mais bonito. Como você chegou à conclusão de que me surpreendi com as habilidades de direção de Hazem e sua autoridade ao mover as pessoas entre as cores das luzes como se fosse uma estrela brilhante iluminando pontos escuros na face da Terra? Como você pensou que não era porque eu acreditava no papel do ator e na mensagem de percepção e identificação? A explicação racional para a minha retirada da arena te satisfez, mas você ainda não me disse para fechar uma porta que levasse à energia da luz.

Você sabe como chegar às soluções sozinha, então o que te levou ao limite do desamparo e te arrastou para as profundezas?

Por que você não recorreu aos seus versos e cantos religiosos? Onde estavam as suas gemas e pedras que segurava na mão ou que envolviam o seu pescoço, te transformando de uma condição para outra?

Você perdeu sua caixa cheia de ágata, topázio, lápis-lazúli, esmeraldas, corais e pérolas?

E por que, então, você me convidou para esse mundo colorido e para os becos de Khan Al-Khalili? Em vez de me deixar brincar na escada, por que me fez ficar sentada por horas em admiração enquanto assistia Samah ou Camila naquelas pequenas oficinas, enquanto seguravam fios de seda, colocavam cola em uma das pontas e depois os preenchiam com pedras coloridas e ouro ou bolas prateadas? Observá-las me dava vontade de correr para casa para pegar as minhas contas de plástico ou o seu velho colar e jogar o jogo do barbante. Ao longo dos anos, criei uma coleção única com suas joias antigas. Você me iniciou nesses mundos coloridos para depois me deixar e permanecer sozinha nas profundezas escuras e intermináveis?

Eu deveria retornar ao seu caderno de desenhos para procurar por uma resposta?

Sinto que toda essa busca não me levará a lugar algum. Você até me contava a história de suas imagens sem me dizer a sua opinião. Você apenas as mostrava sem nenhum comentário.

Você estava planejando me deixar confusa de propósito? É por isso que você não foi generosa com os seus sentimentos íntimos?

Abrirei a terceira página:

A página está dividida em duas, como a anterior.

O fundo de uma metade está pintado com todas as cores de sua caixa de pintura e, sobre ele, uma mulher magra segurando a mão de um homem.

Essa mesma mulher está na segunda metade da página e em sua mão está a mão do mesmo homem. Mas aqui o fundo assume tons de cinza, desde o cinza-claro, preenchido com um lápis normal, ao cinza mais escuro, até chegar ao preto grosso do marcador, e atrás deles há uma cruz, uma lua crescente e uma caixa retangular.

Samira é a amiga e companheira de infância de sua avó. Samira e sua avó são opostas em caráter e semelhantes no amor uma pela outra. Quando a tia Samira e seu esposo tio Nagi vêm visitar o apartamento em Sporting, grandes preparações são feitas. Sua avó manda Suad comprar uma lata de mangas congeladas e sorvete de mástique no Hamidiya Market Gelato e tortas de fazendeiros com queijo amarelo, salsichas e açúcar de confeiteiro da Damietta Fateers, no térreo do nosso prédio. Então, ela manda Afaf comprar espigas de milho grelhadas de Corniche, e Saadiya é responsável por preparar o chá de menta e torrar a enorme quantidade de sementes de melancia que foram armazenadas durante todo o verão. Todos esses preparativos são feitos não porque Samira era socialmente importante, mas porque, como diziam: "Ela tinha uma língua afiada". Você sempre se perguntou como tal característica poderia ser mencionada com sorrisos e amor.

A campainha toca e Samira entra com seu esposo. Nesse momento, todas as avós e tias correm em direção à varanda e às janelas. Você ouve um barulho de freios, vozes altas e gritos dos transeuntes, depois que um carro da marca Peugeot atropelou uma garota atravessando a Corniche.

Samira começa a xingar mais alto: "Não é o bastante que quando eu venha visitá-los no Cairo, vocês me deixem aqui e vão assistir à *A caldeira do diabo*, seus putos? Vocês estão dispostos a me deixar aqui para irem assistir ao acidente?"

Para você, as suas avós são símbolo de santidade e boas maneiras. Grandes estátuas, como aquelas dos templos, e ícones intocáveis. E Samira aparece, como um tornado terrível, apesar de sua aparência normal e tamanho pequeno.

"E você nem ofereceu nada pra Nagi! Ou o nosso encontro será seco como sempre?"

Ninguém que já testemunhou Samira e a sua "língua afiada" poderia imaginar que ela foi vítima de graves colapsos nervosos. Tudo começou quando um dia ela foi visitar a sua melhor amiga e a encontrou sentada em um nicho nupcial vestida de noiva, com o noivo de Samira, Mustafa, sentado ao lado dela.

Samira foi parar no Hospital Qasr Al-Aini e ficou entre a vida e a morte. O Dr. Nagi, o médico dela, ofereceu sua mão gentil como um salva-vidas das profundezas sombrias de seu colapso. Ele ofereceu o seu amor, segurando uma caixa vermelha nas mãos, com um anel de noivado dourado dentro com o seu nome completo gravado: Nagi Nasif Girgis.

Samira não tinha ninguém que conseguisse assustá-la. Ela tinha perdido os pais quando era criança e se tornou responsável por si própria. Também tinha uma personalidade acostumada a violar o que era familiar e a dizer e fazer coisas que iam contra as tradições. Nagi Nasif Girgis se converteu à religião de Samira sem problemas e tornou-se Muhammad Nagi Nasif Al-Mahdi, o fim da imagem colorida.

Na outra metade, com tons de sombra cinzenta, há uma cena que Nunu se lembra. Samira em seu leito de morte, delirando em seus momentos finais. Sua avó não achou que a condição dela fosse tão ruim quando Samira a pediu para vir rápido, então ela levou você com ela. E na casa de Samira, você testemunhou o que os olhos de uma criança poderiam entender de uma vez só.

Samira estava delirando, sussurrando palavras entrecortadas com os versos do Alcorão. *"Jesus é um profeta, Maomé é um profeta... Quando a morte se aproxima de um de vocês que deixa riqueza, é prescrito que ele faça um testamento adequado aos pais e parentes próximos — um dever incumbente àqueles que estão atentos a Deus.* Amena, certifique-se de que eu seja enterrada no cemitério muçulmano."

Pelos ícones nas paredes, parecia que o Dr. Nagi acalmara a mente de Samira por um tempo e tudo o que ele mudou foi o nome dele, de Nagi Girgis para Nagi Al-Mahdi. E o que o coração reverencia permanece no coração.

Samira esmagou a sua dor pressionando com força um exemplar do nobre Alcorão, o beijou e o abraçou. Acima de sua cama, havia uma enorme pintura de São Jorge matando o dragão. "Amena, Nagi era um filho de um cão, mas eu o amei e ele nunca me aborreceu. Pela vida do profeta, tome conta dele!"

Nagi bateu baixinho na porta, para educadamente pedir à sua avó que fosse embora, pois a condição de Samira não permitia visitas longas. E enquanto você e sua avó estavam indo embora, um carro parou em frente ao prédio. Os irmãos de Nagi e um homem solene com uma barba preta espessa, um longo vestido preto e uma grande cruz pendurada no peito saíram do carro e entraram no prédio. Os irmãos lhe indicaram o segundo andar, onde Samira jazia em seu leito de morte. Você me contou depois que esse homem que lhe causou tanto pavor era um padre, do tipo que era levado nos momentos finais de alguém. Você também descobriu que eles colocaram Samira em uma caixa de ébano brilhante e a santa missa fora realizada em nome de sua alma pura na Igreja Maraashli.

Você se chocou e sentiu admiração por Samira ou ficou com pena?

Será que todos aqueles que se desviaram do caminho acabaram na metade sombria da página?

Então por que você insistiu para que eu me afastasse dos planos preconcebidos?

E como a sua avó acolheu esse desvio gritante no dia das visitas dela com todo esse amor?

Foi a magia da turquesa, o seu mar Mediterrâneo, que dá às pessoas alguns de seus traços e a sua habilidade de cobrir e abraçar as areias árabes, romanas e espanholas com a mesma intimidade? Será que a água do mar, que limpa todas as emoções dolorosas e alivia a sensação de desastre e falhas para continuar os ritos de alegria, chegou até ela?

Uma vez, desejei entrar pelos corredores da sua mente para criar um caderno de desenhos semelhante ao seu. Te perguntei por que você sempre pintava o mar de turquesa, mesmo não sendo sua cor original. E, como sempre, você me deixou com uma resposta aberta ao rebater a minha pergunta com a sua: *e é branco como lhe chamam? E o Mar Vermelho é vermelho? O Mar Negro é preto?* Você me deixou tão confusa como agora, tanto que sinto como se a minha cabeça fosse explodir. E como devo considerá-la agora? Uma suicida? Uma pessoa que sofreu um afogamento? Uma amante apaixonada pela turquesa? E por qual nome devo chamá-la para que você responda? Minha tia? Irmã de meu pai? Minha mãe dos sonhos? Nirvana, com a pronúncia que te irrita na frente de estranhos? Nunu, como todos costumam te chamar? Ou de todos esses nomes juntos? Hein? O quê?

NIRVANA

"ZAKAZEEKO!"[8]

Uma voz sussurra em meus ouvidos e é como se alguém quisesse me acordar do coma. Não quero acordar agora. Por favor, vá embora!

É a voz dele. A voz de Muhannad, quando ele sussurrou pela primeira vez em meus ouvidos naquele dia bávaro, dizendo aquele nome estranho.

"Vou te chamar de Zakazeeko porque você é tão esperta. E não seria bom que alguém chamado Nirvana se chamasse Zakiya. É um salto muito grande!"

O grupo de caminhada se juntou atrás de Josef, para iniciarmos a nossa caminhada por caminhos estreitos e acidentados entre as colinas verdes e Alpes azuis. A viagem de hoje será de vinte quilômetros, entre caminhadas e escaladas, e depois uma descida até um lago cercado pelas montanhas para um mergulho refrescante. E mais tarde um ônibus grande nos buscará lá e nos levará de volta para o albergue antes do pôr do sol.

Senti um beliscão doloroso no dedão do pé esquerdo por causa dos sapatos rígidos. Mas comecei a caminhar, tomada pela beleza escondida que me aguardava pela viagem. O silêncio dos prados. O tilintar dos sinos de cobre pendurados nas vacas que não víamos, apenas ouvíamos quando o ruído ecoava. Os sons mais bonitos são aqueles que nos chegam como ecos. As colinas de oliveiras e as montanhas azuis.

Josef se aproxima com os seus movimentos engraçados, e Amena e eu começamos a rir. Ao fundo, escuto uma voz familiar rindo também.

"Muhannad? Você não estava com o grupo de surf? O que levou você a vir fazer a caminhada? Acredita que nem perce-

---

8 Frequentemente têm esse nome as personalidades fortes, energéticas, carismáticas, ambiciosas e concentradas.

bi que nesta manhã você estava usando roupas de caminhada como nós?"
"Não te contei, Zakazeeko?"
"Mas o que fez você mudar de ideia e vir conosco?"
"Ouça minha querida, Zakazeeko:

Não obrigue uma pessoa e não a deixe escolher
Sua mente já é confusa o bastante
Aquilo que ela cobiça e pede para hoje
É o mesmo que, amanhã, ela desejará mudar.
Que estranho!"

"Você memorizou Salah Jahin? Você não é francófono? E não morou metade da vida no exterior?"
"Minha querida, eu nasci e cresci nos becos de Al-Hussein. Meu avô materno era dono de uma joalheria no bazar dos ourives. Eles sempre me mandavam para a loja, porque eu era muito travesso. E de lá eu vagava pelas oficinas e pesadores, pelo polidor, pelo soldador e pela Rua dos Judeus, até que me cansava e voltava para casa para dormir feito um homem morto!"

As colinas nos levam mais alto com a sua jornada de infância, rica em viagens, diamantes, ouro e pedras coloridas.

Por um bom tempo, ele desejou nunca sair da loja de seu avô e queria continuar entre aquelas pessoas com dedos habilidosos que pegavam pedaços silenciosos de metal e de vidro colorido e os transformavam em caras obras-primas, embelezando pescoços, dedos e pulsos. Seu sonho de infância era trabalhar como vendedor em uma loja e seu herói era Amm Hilal, o soldador.

"Viu como o mundo destruiu os meus sonhos? De grande ajudante de soldador a assessor do Ministério das Relações Exteriores!"

"Mas por que você não assume a loja do seu avô?"

"Às vezes, amamos algo e o seu oposto. É a natureza humana. Amo oficinas e transformar metal em peças de arte, mas odeio ficar em um só lugar. Minha outra metade cresceu viajando e se misturando com pessoas diferentes, com seus costumes e rostos diferentes e trabalhos artesanais, suas músicas barulhentas e sua comida estranha e excitante. Desde criança, eu me acostumei a me mudar. E esse era o sonho do meu pai para mim e coincidiu com algo que gostava. Enfim, a loja do meu avô fechou anos atrás. Depois que ele morreu, ninguém cuidou dela. Minha mãe é filha única e estava sempre viajando com meu pai."

Meu pé dói muito. Sinto como se meu dedo fosse cair. Sinto-me envergonhada de ficar arrastando o pé pesadamente, enquanto homens e mulheres enrugados sobem a colina com uma agilidade invejável, mesmo que alguns deles usem uma bengala.

Descer é sempre mais fácil do que subir. A colina nos leva para baixo, para o lago.

Tiro os sapatos resistentes e é como se tivesse tirado um grilhão de ferro. Minha unha está quase caindo do dedo do pé. Extingo o fogo da dor com um mergulho rápido no lago frio.

A água fria e as montanhas verdes que me cercam de todos os lados suavizam a dor do meu pé. Os outros estremecem assim que os pés deles tocam na água e saem correndo do lago.

Muhannad está logo ao meu lado e mergulha completamente debaixo da água para superar o primeiro choque do frio.

"E sua história?"

"Qual história?"

"A história desse incrível bronzeado que você tem. O que faz para deixar seu corpo assim dourado?"

Aquela foi a primeira vez que alguém comentou sobre a cor da minha pele. A cor que adquiri como um contágio por morar próxima ao velho e escuro Nilo. A cor da minha pele nunca foi mencionada, exceto como um defeito que iria diminuir as minhas chances de atrair o cavaleiro de meus sonhos em uma armadura brilhante. O que me espantou mais e me fez questionar a minha compreensão de beleza foi quando uma garota belga com pele brilhantemente branca se aproximou de mim e perguntou com toda a educação qual bronzeador eu usava.

"Ai!" A unha do meu dedo do pé caiu e está doendo muito.

Apoiei-me em Muhannad, pulando em um só pé até chegar no ônibus que estava nos esperando.

Muhannad sentou-se ao meu lado. Seu tom de voz foi tomado por uma suavidade e gentileza que nunca ouvira desde que o vi pela primeira vez.

Ele me perguntava sobre o meu pé a cada dois minutos. Então, ele me perguntou: "Qual tamanho de calçado que você pegou?".

"O do meu tamanho: 38."

"Espertinha! Botas de caminhada têm que ser um ou dois tamanhos maiores que o tamanho normal de seu calçado para que não façam isso com você. Amanhã vou te levar ao hospital para fazermos um raio-x."

E assim que me viro para olhar para ele com gratidão, ele rapidamente volta ao seu normal.

"Juro por Deus que você é Zakazeeko!"

Será que realmente tínhamos caminhado a distância que o ônibus percorreu para nos levar ao albergue?

A doença precisa de descanso e sossego. Essa é a sabedoria predominante. Mas ao contrário do que pensei que era — alguém que sempre quer fugir do barulho —, agora sinto que preciso ouvir a conversa de Muhannad. Talvez as piadas dele tirem a minha mente da dor.

"Aqui, pegue isso. Não está sendo desperdiçado com você. Mas só porque está doente."

"O que é isso?"

"Um escaravelho turquesa. Era para ser um presente para Josef por causa de todo o trabalho duro que ele fez hoje. Vamos torná-lo um talismã de boa sorte pra fazer você melhorar, como nossos ancestrais costumavam fazer. E também, a turquesa é uma gema que tem uma magia especial. Supostamente deveria curar doenças físicas e aumentar a sabedoria e transparência e prevenir inveja e te salvar dos males de uma inteligência incomum, Zeeka!"

Na discoteca do primeiro andar, sentei-me em uma cadeira rústica e pesada, com o meu pé apoiado em outra cadeira à minha frente. Não podia fazer nada além de assistir meninas e meninos das quatro delegações — Holanda, Bélgica, Egito e Marrocos — dançando fervorosamente ao som da música alta. Meus dedos brincam com um escaravelho turquesa em uma fita pendurada no meu pescoço.

Muhannad dança graciosamente com as meninas das quatro delegações até o início da Dança do Beijo. Eles dançam em uma roda igual àquela que fazíamos quando brincávamos de "O raposo passou"[9] e quem está no meio tem que beijar todas as garotas até... eu não sei. Muhannad vai se juntar à essa roda pública de beijos?

Muhannad puxa uma cadeira de uma mesa próxima e senta-se ao meu lado, ele estava com todos os sinais de um resfriado.

Agindo com indiferença, perguntei-lhe: "Por que não participa da Dança do Beijo? Está preocupado em infectar as lindas garotas holandesas e belgas?"

"Não. Vim te contar uma história sobre o escaravelho que está usando, contada pelo tio Salah Jahin. Ouça, pode te fazer bem.

Uma história sobre um escaravelho e um besouro:
Uma noite eles se conheceram e se apaixonaram.
Ninguém disse: comportem-se! Isso é um tabu, uma desgraça,
E ninguém disse que era um abraço pecaminoso.
Que estranho!"

---
[9] Jogo infantil semelhante à brincadeira "corre cutia" no Brasil.

LEILA

A resposta está no relaxamento.

Uma mente limpa nos conduz à luz da verdade. E essa agitação que me envolve pode ter um efeito negativo em você e fazer a sua condição piorar. Desde que nossas almas se encontraram, uma entrou no campo magnético da outra, vaga por ele e influencia a outra. Então, sempre que você ficava chateada por um problema com Tarek e com Mazen, por exemplo, eu não conseguia me concentrar e acabava tirando notas ruins no exame final.

E sempre que alguém elogia o meu desempenho e me faz sentir-me melhor comigo mesma, você me liga e me diz que está se sentindo feliz e otimista e não sabe por quê.

Não vou parar de pensar sobre o que fez, mas... calmamente.

Vamos dar uma olhada nas páginas de joias e moda. Este foi um dos seus jogos matinais em agosto. Você costumava desenhar imagens de rostos de mulheres sem cabelo. Depois desenhava diferentes penteados e cores, loira, morena, cabelo preto e, em seguida, diferentes brincos e vestidos de todos os tamanhos e cores. Então, você os recortava e os misturava combinando penteados, vestidos e joias nas mulheres.

Eram todas mulheres, como na sua família. O número de homens que apareceram na sua infância foi muito limitado. Você foi criada entre a sua mãe, suas tias maternas, avós e tias-avós. Todas elas moravam em casas próximas à sua e faziam visitas quase diárias, até para cumprimentar os próprios hóspedes do "apartamento do Nilo", onde, de acordo com elas, a vista era revigorante. E no verão, todos se reuniam no apartamento de Sporting, junto com aquela quantidade enorme de governantas, que todas as noites sempre te vestiam como uma rainha ou como uma noiva. Você se tornou como as heroínas das histórias onde os casamentos duravam "quarenta e uma noites".

A página com anéis azuis, fitas de seda e flores azuis-claras é uma das mais bonitas de seu caderno. Você costumava me contar sobre uma época que nunca vivenciei e sobre avós que nunca vi.

Sua avó materna. Ela costumava morar com suas três tias em um apartamento em Qasr Al-Aini Street. Você sempre insistia em passar a noite lá toda vez que a visitava com seus pais à noite e chorava para fazerem a sua vontade. Seu pai desaprovava, pois nunca gostou que alguém de sua casa passasse a noite fora por nenhum motivo.

No quarto escuro do centro da casa, o quarto de TV, sua avó se deitava na cama e cruzava um pé sobre o outro. A tela refletia sombras azuis em seu rosto e em seus pés roliços enquanto assistia a um filme estrangeiro que sempre chamava de "A história estrangeira".

Algo velho, algo novo
Algo emprestado, algo azul.

Um amuleto de boa sorte para noivas em filmes ingleses antigos. A mãe e as amigas teriam que cumpri-lo para que a noiva pudesse viver feliz e contente. Na noite de seu casamento ela teria que ter

Algo velho, algo novo
Algo emprestado, algo azul.

A coisa azul geralmente era uma fita de seda pendurada em seus cabelos loiros ou amarrada em seu buquê, ou poderia ser a sua aliança de casamento, que teria que ter uma safira azul cercada por pequenos diamantes.

Assim que o filme acabava, os momentos de felicidade na casa de sua avó terminavam com ele. Você era deixada no quarto central escuro, mordendo os lábios de remorso por sua insistência em passar a noite. Você se lembra que, pela manhã, sua avó se transformará de uma bela deusa da noite recebendo sombras de luz sobre os traços de seu rosto e de seu corpo em uma viúva no meio da luz do dia, que culpava todas as suas filhas, cada uma por uma coisa diferente, enquanto suas vozes se elevavam em autodefesa. Isso, por sua vez, a levava para mais brigas, que podiam se estender a repreender as governantas e até a bater em uma delas. Você queria gritar com todos eles ou colocar as mãos nos ouvidos para bloquear esse barulho terrível que surgia com a vida diurna dela. Quando você costumava se recusar a visitá-la com a sua mãe na primeira infância, enfrentava uma surra e todo tipo de repreensão herdada.

O anel de safira azul e a fita de seda azul-celeste que estava amarrada em um ramo de flores. Você sempre os via em seus sonhos para a sua noite de núpcias, a qual você sempre imaginava que aconteceria na capela da escola, e a irmã Marie-Therese seria a celebrante de sua união. É estranho que o rosto do noivo sempre estivesse embaçado e indistinto— ou melhor, para ser mais precisa, irrelevante.

E indiretamente, e através da transmigração de nossas almas e da sua fácil entrada em meu campo espiritual, eu também acabava por me imaginar uma noiva carregando um buquê de flores azuis em um altar de igreja e morando em uma casa com paredes em tons de azul, de azul-celeste a azul-escuro. Uma casa cheia de bugigangas de todos os países do mundo e quadros originais e uma caixa de madeira indiana incrustrada com cobre amarelo e vermelho, e pedaços de mosaico e vidros coloridos pendurados no teto seriam de minha autoria. Mas com todos esses detalhes e imaginação, não conseguia desenhar na minha mente uma imagem clara da pessoa que iria compartilhar esse belo ambiente comigo. Às vezes, imagino ele sendo Hazem, o diretor, mas a cena rapidamente o rejeita. E, outras vezes, imagino ele sendo como Nizar, o professor de computação, e então ele também caminha lentamente para fora da cena.

Tudo nessa família acontece por transmigração? É por isso que casamento simplesmente se torna o desejo da mulher de carregar um buquê de flores azuis e de viver em um ambiente cercado de azul-celeste sem uma forma nítida de um homem? O quarto dos fundos do apartamento de Sporting foi a sede noturna das festas de casamento que Suad, Afaf, Amal e Saadiya organizariam para você. Elas a vestiriam com um vestido de *chiffon* e, sobre a sua cabeça, colocariam um véu de tule feito com retalhos esquecidos das coisas da irmã de sua avó. Depois a maquiariam com cores vibrantes e carregariam panelas de alumínio para começarem a celebração das trinta e oito noites. Casamentos que eram realizados apenas para a alegria da noiva e não pela felicidade dos dois corações unidos. Em seguida, dançariam e bateriam palmas ao som de suas músicas interioranas que confirmavam essa ideia a cada batida.

Se ele vier, que venha, se não vier, não ligo
Se ele vier à estação, vou preparar um pato para ele
Se ele vier para a cama, farei uma torta para ele
Se ele vier, que venha, se não vier, não ligo.

As únicas coisas que importavam eram a alegria da noiva e a gema azul — como o anel de safira de Diana que você desejava como sua aliança de casamento. No coração do Titanic, um raro diamante azul. As histórias estrangeiras que sua avó lhe transmitiu; e, com o poder da transmigração, o conhecimento que você me transmitiu sobre todas as pedras preciosas que eram azuis: lápis-lazúli, água-marinha, topázio, safira, pedra da lua e ônix. Eu conhecia todas elas de nossas caminhadas pelo Khan, enquanto olhávamos as vitrines das joalherias e das lojas perto de nossa casa em frente ao museu. Me vi no sonho as usando para decorar braceletes, anéis e pingentes de ouro e prata.

Você nunca reclamou comigo sobre qualquer falha ou qualquer defeito de Tarek, exceto pelas constantes discussões não violentas entre ele e Mazen, o seu filho. Vejo nele características que nunca conseguiria suportar em um parceiro. Minhas reclamações penetraram em seu reino, quebraram a sua alma e fizeram você desprezá-lo? Ou é apenas a vida que as leis da transmigração lhe impuseram, e os ecos de uma infância que a fizeram desejar uma festa de casamento sem noivo e um casamento sem marido? E quando os sonhos nesse mundo não se tornaram realidade, você foi chamada para o outro mundo de "sair para a luz do dia" para mergulhar entre as ondas azuis e assentar-se sozinha, calmamente, nas profundezas turquesas?

NIRVANA

O que foi o coma? Por que você ficou perturbada de repente? Gosto quando você escolhe um rosto e o repete em diferentes cenas. Eu me sentiria confortável em morar novamente naquela casa única, sozinha no pico mais alto dos Alpes.

O que trouxe o rosto de Marie-Therese e de Tarek e de Nana Amena e Nana Ro'ya? Se você tem que incluir todos eles em suas cenas suaves, então lhe imploro para esperar um pouco e prolongue as cenas com Muhannad.

Um dia livre em Füssen após uma visita à uma clínica médica para os raios-x necessários e levar dois pontos no dedão do meu pé esquerdo. "Por favor, pare de tossir por apenas um segundo para que eu consiga terminar isso", o médico me diz. Estava fingindo estar com gripe a fim de receber uma prescrição do médico para um remédio para gripe para poder dá-lo a Muhannad. Ele recusara-se a ir à clínica porque odeia médicos.

"Agradeço o gentil elogio, Sr. Embaixador. Esqueceu que serei médica daqui a dois anos? Mas não se preocupe, eu também não gosto de médicos!"

O clima triste de outono envelopa a cidade e me torna incapaz de resistir a caminhar, mesmo com apenas um pé e meio, por essa pequena cidade turística e comprar lembranças para lembrar da minha visita naquele dia.

Uma roupa feita de seda lilás. Assim que botei meus olhos nela, decidi comprá-la. Irei vesti-la hoje à noite. O clima pede para vestir algo leve, uma cor delicada.

Paro perto de Muhannad em frente a uma vitrine que exibe anéis, colares e braceletes finos de ouro branco e ouro 14 quilates. Muhannad sussurra em meu ouvido: "Aquele anel de safira será o seu anel de noivado".

"Você não viu a aliança de ouro que estou usando, assim como a com diamante solitário?"

O céu fica cinza e de repente derrama rios de água sobre nós, então corremos para dentro da loja para nos proteger da chuva. Enquanto tiro a água das minhas roupas, cabelo e corpo, ouço trovões e relâmpagos e vislumbres de Muhannad conversando com o lojista e apontando para o anel e para uma caixa de veludo azul. A moeda estrangeira — marcos alemães — passa das mãos de Muhannad para as do dono da loja.

"Você deve estar louco! Só te conheço há alguns dias!"

"Não, você me conheceu no outono e aqui está a chuva de inverno."

Em segundos, um sol brilhante sai e seca tudo, as poças são sugadas para os ralos e os raios quentes secam o resto da água.

"E aqui está o verão, também. Então, te conheço há cerca de oito meses agora!"

"Você entende o que essa aliança de casamento e esse anel de diamante significam?"

Queria que Muhannad entendesse o significado direto de minhas palavras. Ao mesmo tempo, estava pensando naqueles diamantes que obrigaram a minha avó a sacrificar parte de suas terras para compensar o aperto no orçamento de Tarek, a fim de comprar um anel de casamento adequado. Mas eu não queria nem o diamante nem a terra. Eu só queria o anel de casamento de safira de Diana quando deitava no escuro e me embriagava com aquelas histórias estrangeiras com minha avó. Essas histórias foram anuladas por aquela mulher tirânica do sul que matou a possibilidade de viver os meus sonhos e sacrificou o seu dinheiro e suas terras para me conseguir aquele enorme diamante. Do mesmo modo, as mães em sua cidade natal criam os seus filhos com base em ideias de cavalheirismo e orgulho. E quando eles crescem, essas mesmas mães apresentam seus filhos como presentes à morte, forçando-os a se envolverem em vendetas para vingar os assassinatos de seus pais.

A anestesia local acabou e a dor dos dois pontos no meu dedão me apunhalam.

Josef pega a minha receita e Muhannad toma o remédio para tosse, submeto-me ao efeito do analgésico e caio num sono profundo após um dia exaustivo.

Não tenho certeza se essa história de sonho faz parte do coma ou se eu realmente a sonhei no quarto do segundo andar do albergue da juventude em Füssen.
Os dedos de Nana Ro'ya, irmã de Nana Amena, correram pelo meu cabelo. Eu dormi ao lado dela no quarto central que dá vista para Corniche no apartamento de Sporting. A mistura do murmúrio suave das ondas da manhã e das vozes alegres das mulheres conversando na praia antes do sol nascer e a praia encher de homens. A voz do homem do jornal, "Ahraaaaam", e o cheiro do sal do mar e do café apimentado da xícara de café que Saadiya apresenta à Nana Ro'ya.

Três jovens estavam caminhando e ouviram a voz de uma garota gritando por ajuda. "Me ajudem! Me ajudem!" Dois não fizeram nada e ficaram olhando. O terceiro desceu até a garota em um balde amarrado numa corda.

O garoto a colocou dentro do balde e disse aos seus amigos para puxá-la para cima e depois para abaixarem o balde novamente e subi-lo.

Os dois garotos a puxaram para cima e, quando viram que ela era tão bonita quanto a lua, começaram a brigar por ela e esqueceram do amigo no poço.

O garoto continuou procurando por onde pudesse sair até que encontrou uma porta que o levou para uma cidade cheia de pessoas assustadas. Ele perguntou a elas: "Por que vocês estão assustados?".

Eles responderam: "Há um ladrão que não nos deixa dormir e não conseguimos pegá-lo".

Então o garoto pensou rapidamente e esperou o ladrão aparecer em frente à joalheria. E, de fato, o ladrão foi roubá-la. O garoto pegou o ladrão e o levou para a polícia.

Os cidadãos lhe perguntaram: "O que quer como recompensa?". Ele disse: "Quero que o dono da loja me ensine a fazer anéis e braceletes". E, sem dúvida, em pouco tempo, ele se tornou o melhor fabricante de anéis e braceletes do lugar. Ficou rico e comprou roupas caras e bonitas, tanto que ficou completamente irreconhecível.

Durante todo esse tempo, os outros dois garotos ainda estavam brigando pela garota que encontraram no poço. Eles a amarraram em uma árvore e lhe disseram para escolher um deles.

No fim, ela lhes disse: "Tragam-me papel e caneta. Desenharei um bracelete e me casarei com quem conseguir fazê-lo pra mim".

Os garotos perguntaram qual era a melhor joalheria que fazia braceletes. As pessoas contaram-lhe sobre o melhor artesão da cidade vizinha. Ele era amigo deles, mas havia mudado tanto que não o reconheceram.

O garoto fez o bracelete exatamente do jeito que a garota desenhara e, quando lhe deram e disseram para escolher um deles, ela disse: "Não, eu disse que me casaria com quem fizesse um bracelete para mim. E esse homem foi o único que conseguiu. Ele também foi quem me salvou do poço".

A garota foi a única que o reconheceu e ela o escolheu porque o viu com o coração.

E tam, tam, tam, tam, a história acabou!

"Quando entrei no correio, ela me disse
Muhannad dos olhos contornados com Kohl,
Em vez de um selo, pegue cem e pressione um pouco mais
A paciência de Deus
Com a garota Beduína
Ó protetor,
Da garota Beduína."

Acordei devagar aos sons da canção de Muhannad, das palmas de Rashid que vinham de longe e com a voz de Amena me acordando gentilmente, sussurrando que o quarto 10 não vai se acalmar até que Josef os repreenda.

Coloquei minha roupa roxa nova para passar a noite em uma discoteca fora da cidade. Muhannad abre a porta de seu quarto e o encontro na minha frente no corredor que leva para a escada. Assim que ele me vê, sussurra, como se estivesse hipnotizado: "Por que você é tão adorável? Espere aqui um segundo".

Ele volta ao seu quarto e retorna com um colar de ametista roxa. "Esse colar eu mesmo fiz no Egito para dar à minha tia Amina no final da viagem. Mas ele não pode ver essa roupa roxa e permitir que outra pessoa o use."

"Muhannad, isso já é demais. Não posso aceitar."

"Bom, então terei que abrir o jogo e te contar que todos do grupo da caminhada te compraram um presente por causa de sua pequena operação. Até Josef. E de qualquer forma, esse colar é o único que não permitirá que ninguém além de você o use. Não te contei isso, Zakazeeko?"

No pé da escada, uma garota holandesa de treze anos beija apaixonadamente um garoto belga um ano mais velho do que ela. Sorrimos e passamos rapidamente por eles para que não nos notem.

"Vê essas pessoas? Elas não perdem tempo!"

A limusine nos leva ao hotel francês chique da cidade vizinha. A boate é bem maior que a discoteca do albergue da juventude.

"*Table pour deux.*" Muhannad pede uma mesa para dois ao garçom. Estou prestes a sentir vergonha por Amena e Rashid não terem sido incluídos, mas então noto que eles se abraçam durante uma dança lenta na pista de dança.

"*Porriez-vous me recommander um bom vin?*"

Surpreendo Muhannad com uma pergunta comentando seu pedido ao garçom: "Por que você está pedindo a ele para lhe sugerir um bom vinho?"

"Não foque tanto nisso. Eu estava apenas brincando!"

O rosto da Irmã Marie-Therese entra em cena. Adoro esse rosto angelical e o imagino em diferentes situações da minha vida. Eu nunca o vira feio, exceto uma vez — em uma festa de Natal que a escola realizou à noite e todos os alunos tanto da seção francesa para meninas quanto da seção italiana mista festejaram com diversão e barulho. Nós, as garotas da seção francesa, tínhamos que comprar dois ingressos e ir sozinhas, porque os ingressos só eram vendidos para casais. E todos os garotos e garotas italianas, mesmo os que tinham apenas doze anos, iam com as namoradas ou namorados.

Todas as garotas ficavam os encarando como idiotas quando se abraçavam enquanto dançavam e flertavam tanto até começarem a se apalpar. Em choque, eu assistia à Irmã Marie-Therese rindo e brincando com eles — a mesma mulher que confiscara um exemplar da revista *Samar* de mim mais cedo enquanto lia uma história com Franco Gasparri como herói. Ela ameaçou me expulsar da aula naquele dia e, se não fosse pela minha mãe ser a professora de religião, ela teria agravado o assunto, mesmo que eu não estivesse lendo a revista durante a aula.

Havia uma mesa retangular coberta com uma toalha branca e garrafas de vinhos tintos envelhecidos enfileiradas sobre ela. Algumas freiras vendiam algumas garrafas fechadas e outras vendiam a taça para as crianças italianas.

"O que foi? Por que está sonhando acordada com o vinho que está no bar? Não vamos dançar?"

Et si tu existais pas, dis-moi pourquoi jéxisterais.

Ele murmura a letra da música enquanto me pega nos braços e me olha nos olhos, como se estivesse dedicando essas palavras a mim.

"Ah, é?"

"Eu juro, Zakazeeko, não conseguirei viver sem você."

"Sabia que no início da viagem eu pensei que você gostava de Amena?"

"Venha aqui, espertalhona."

Ele me envolveu completamente. A distância entre nós desaparece e com ela também vai a consciência do meu próprio corpo. Não sinto a minha existência, como se eu fosse um ser etéreo, com uma alma e emoções, mas despojada do peso de um corpo. Naquelas vezes quando dançava com um garoto nas festas de Natal, nos abraçávamos com os braços estendidos para manter a maior distância possível entre nós e, mesmo assim, sentia que estava cometendo algum ato físico escandaloso no meio da escola.

"Estou pensando em parar de te chamar de Zakazeeko e começar a te chamar de Ametista, porque roxo cai bem em você."

Ele alisou o meu cabelo como Nana Ro'ya costumava fazer, correndo os dedos entre os fios enquanto me contava histórias.

"Ametista foi uma garota grega. Ela estava caminhando sozinha, cuidando de seus afazeres, indo visitar a deusa Diana. Na época, Dionísio, o deus grego do vinho, estava furioso com um mortal que se recusara a prestar homenagem a ele, então ele decidiu se vingar do próximo humano que aparecesse em seu caminho.

"Naquele momento, Ametista estava passando. Então Dionísio ordenou que dois grandes tigres a comessem.

"Diana sentiu pena de Ametista e a transformou em uma pedra tão branca quanto o mármore para que os tigres não conseguissem comê-la.

"O coração de Dionísio amoleceu e ele se sentiu mal por Ametista. Ele estava segurando uma taça de vinho tinto e, quando chorou, as lágrimas que caíram dentro do vinho se tornaram roxas.

"Dionísio ficou tão agitado, que o vinho espirrou sobre a pedra branca Ametista, então a sua cor se tornou roxa, linda, como você.

"E tam, tam, tam, tam, a história acabou."

"Então foi isso o que você estudou quando estudou mitologia grega na faculdade?"

"Sério, isso não é demais?"

"Uhum..."
Em silêncio, fecho os olhos e meu coração repete a primeira frase que ele cantou para mim da música que estávamos dançando.
Et si tu existais pas, dis-moi pourquoi j'existerais?
E se você não existisse, me diga: por que eu existiria?
"Você realmente me lembrou a Ametista grega quando olhou tão estranhamente para o barman segurando aquela taça de vinho como se ele fosse Dionísio prestes a fazer os tigres lhe comerem!"

Muhannad me parou no mesmo lugar onde havíamos passado, debaixo da escada que levava aos quartos, onde havíamos visto a garota e o garoto europeus se beijando.
"Você sabia que a luz baixa é a iluminação mais apropriada para a ametista? Tome cuidado, sua cor desbota se for exposta à muita luz do sol. Venha aqui, para longe da luz."
Desapareci completamente da face da Terra, assim como a Ametista foi transformada de ser humano em pedra preciosa.
Reza a lenda que a ametista cura a alma, tem um efeito calmante e protege quem possuí-la de desastres como a morte e a perda de entes queridos.
"Esse lugar parece uma caverna. O que me diz se morássemos dentro de uma caverna de ametista? Você se lembra daqueles garotos que estavam se beijando aqui? Quer mostrar a eles que o Egito é melhor que a Holanda?"
Não sei como estava olhando nos olhos dele no momento em que os meus se fecharam e a Ametista foi transformada de um estado para o outro.
Meu corpo desaparece, minha visão está embaçada e sinto nada além de halos de raios roxos saturados com tons de lilás e malva.
O sonho daquela noite em meu quarto no segundo andar foi composto por tons de apenas uma cor: roxo. Pedras, raios e flores lançadas em uma terra desolada.

Não houve acontecimentos no sonho. Os dedos de Nana Ro'ya correm pelo meu cabelo e ela recita versos do Alcorão. Os dedos da Irmã Marie Therese estão entrelaçados sobre o peito, um rosário com uma cruz na ponta balança entre seus dedos enquanto recita versos da Bíblia. As mãos de Muhannad acariciam o meu cabelo e mitos, mitos, mitos...

"Deus não sobrecarrega nenhuma alma com mais do que ela suporta carregar: cada um ganha o bem que fez e sofre o mal que faz."

Um colar roxo assenta-se em uma caverna de ametista.

"O pão nosso de cada dia nos dai hoje. Perdoai as nossas ofensas, assim como nós perdoamos a quem nos tem ofendido."

Lilases sobem aos céus e violetas secas são atiradas ao chão.

Et si tu n'existais pas...

"Senhor, não nos recrimine se nos esquecermos ou cometermos erros."

"E ela era roxa, bonita, como você."

"E não nos deixeis cair em tentação, mas livrai-nos do mal."

Dis-moi pourquoi j'existerais.

"Não nos sobrecarregue com mais do que temos força para suportar. Perdoe-nos, perdoe-nos, e tenha misericórdia de nós. O Senhor é o nosso Protetor, então ajude-nos contra os descrentes."

LEILA

A quinta página: preto — branco — vermelho. E uma mancha dourada no meio.

Perguntei-lhe: "O que é isso? A bandeira do Egito?".

Ela respondeu: "Não, essas são as suas avós. As avós que não conhece".

Mais de cinco ou seis avós, são apenas duas avós de verdade e o resto são as irmãs delas e algumas tias dela. Todas vestem as mesmas roupas: pretas. Elas as vestem dentro de casa, fora, e talvez até mesmo suas peças íntimas sejam pretas. Todas se envolvem completamente na escuridão pelo mesmo motivo: a ausência de um marido.

Nunu nunca viu um único avô. Todos faleceram bem jovens, para ocuparem uma zona cinzenta que não existe em nenhuma de suas pinturas. Mas aquele cinza está presente em cada alma e cerca as imagens dos falecidos com um senso de dignidade. O nome "os perdoados", que é derivado de um dos lindos nomes de Deus, confere-lhes uma auréola de sacralidade, a sacralidade dos ausentes. Por isso que em sua infância Nunu costumava imaginar seus avós como estátuas faraônicas cinzas. O cinza que simboliza respeitabilidade, maturidade, segurança, inteligência e confiança e é fortemente associado à idade avançada e à tristeza.

As muitas avós estavam espalhadas entre os caminhos da vida e da morte e as que ficaram com Nunu foram as duas avós Amena e Ro'ya. Nana Amena era a sua avó materna e Nana Ro'ya era a irmã da avó Amena. Quem via a cor do luto que envolvia Nana Amena diria que ela era um modelo de uma boa viúva. Seu marido morreu quando ela era jovem e ela criou seus filhos — quatro meninas e um menino — sozinha. Vendeu suas terras, uma após a outra, para preparar os enxovais das filhas e para educar seu filho, até que perdeu todas as terras que herdara.

Quem procura por outras cores e dimensões descobrirá que não é o preto que molda a existência de Nana Amena. Limita-se a delinear seu molde externo: camisolas feitas de algodão preto ou roupas respeitáveis e ao mesmo tempo justas, cobertas por aquele véu de tule ou renda que começava no meio de sua cabeça, permitindo que algumas mechas de cabelo preto escapassem. E as pálpebras avermelhadas, inchadas ao ponto de tornar seus olhos sensíveis de todo o choro que acompanhava a memória "do perdoado"... qualquer "perdoado"... e observar as quintas-feiras da memória e aniversários e visitar os túmulos e desligar a televisão e falar em voz baixa por quarenta dias. E o hábito de ler os obituários enquanto toma o café da manhã, para renovar os rituais e ritos sempre que um recém-chegado fosse acrescentado à lista de "perdoados".

Mas quem mergulhasse, encontraria vastos espaços de vermelho, branco e dourado.

A maldição do vermelho e do dourado... e a sedução do branco.

Se quiser conhecer alguém, descubra as cores de sua casa. Isso foi o que Nunu me disse.

A maldição do vermelho e dourado.

Pesadas cortinas de veludo vermelho e tafetá, tapetes tecidos à mão e tapetes Bokhara da cor de sangue, estofados brilhantes e colchas de seda em tons de vermelho carmesim enchiam a casa de Nana Amena. Isso se repete em diferentes padrões nas casas das três filhas dela. Também foi arrastada para a preparação da casa de Nunu, que foi arrumada entre o "novo" que a mãe de Nunu, minha avó, escolheu e o "herdado" de Nana Amena e das outras avós.

Vermelho é a cor da energia física, da força, do sexo, das emoções, da bravura e da proteção. O vermelho está associado ao sangue, ao nascimento, à morte, à guerra, à violência, ao coração dos amantes e às rosas da paixão.

E dourado, também presente na casa de todas — salões franceses Luís XV enfeitados com ouro, molduras e cômodas, entalhes nos conjuntos de sala de jantar e nos pilares, nos vasos e bordados dourados —, ouro brilhante, berrante. Poderia ser aceitável e impressionante em um museu ou templo. A adoração está sempre associada ao ouro: os antigos egípcios adoravam o sol e o ouro era a sombra do deus Sol na Terra. Quando Nana Amena não pôde se dar ao luxo de encher a sua caixa de joias com mais pulseiras e joias de ouro, ela as espalhou como peças de mobília nas casas de suas filhas e das filhas de suas filhas.

Nana Amena reforçava a sua divindade com o ouro. Impunha a sua vontade e seu extravagante senso de vida envolto em preto com o poder do vermelho. E com o dourado e o vermelho privava as suas filhas do direito de desfrutar de outras cores.

Depois a sedução do branco — a origem de todas as cores — de que Nana Amena e suas amigas foram vítimas. Um jaleco branco: o uniforme do médico que desempenhava o papel de salvador por um tempo limitado de suas vidas, o período anterior à partida de seus companheiros de vida, "os perdoados". O médico sempre foi visto como o salvador, aquele que estava em vantagem, aquele que dava ordens estritas àquela que nem ousava comentá-las. Ele era o seu gigante que partiu e que vive na área cinzenta.

E ao cair no feitiço do branco, Nana Amena, por sua vez, adquiriu uma força mágica para transformar todos os membros da família em pessoas que usavam jaleco. A família os transmitiu como um ritual sagrado — uma obrigação, como fazer suas orações diárias, para frequentar a faculdade de medicina. E quem não atingisse as notas necessárias compensaria casando-se com um salvador que compensasse o contrato rompido. Então quando Nunu ingressou na faculdade de medicina, apesar de ser apaixonada por cores, ela não sentia que estava exercendo nenhum esforço maior do que aquele que um muçulmano sente quando faz as orações da noite enquanto luta para permanecer acordado.

O que é fantástico é que os poderes mágicos contidos no vermelho e no preto se dissolviam quando entravam em contato com a magia da turquesa que cobre agosto e o apartamento em Sporting, que guarda em suas paredes os acontecimentos e energias que outros deixaram para trás. Então Nana Amena perde o poder de discernimento e é atormentada por um zumbido, como aquele que enche os ouvidos de alguém que passa o dia inteiro nadando no mar. E quando deita em sua cama, mergulha no sono como se estivesse mergulhando em redemoinhos e tudo o que escuta é esse zumbido.

O zumbido se interliga com a sedução do branco para se tornar um encanto que fez Nana Amena aceitar dois pretendentes para duas de suas filhas em dois anos consecutivos durante o mês dos acontecimentos extraordinários. Sua decisão baseou-se somente no fato de que eles eram portadores de jalecos brancos.

Hana — a tia materna mais velha de Nunu — havia saído de um doloroso noivado com um parente em Minia. Ele não usava jaleco branco, mas como parente estava isento e, de qualquer forma, a noiva estava matriculada na venerável faculdade. O pretendente estava preso por um forte laço emocional a uma amante casada e, por isso, ele não conseguia cumprir os deveres emocionais do noivado e ignorava sua noiva até o ponto do afastamento. Toda a culpa foi colocada em Hana, que cresceu aceitando reprimendas por causa de sua natureza tranquila. A culpavam por não conseguir fazer, como uma jovem delicada, com que seu noivo esquecesse sua amante experiente.

Nana Amena não conseguia suportar que sua filha vivesse sem a sombra imponente de um homem. Então, ela chamou o tio de Nunu, que estava estudando farmacologia na Universidade de Zagazig, para trazer o seu colega de quarto para casar-se com Hana. A avó, que era a protetora da tradição estrita, tornou-se a primeira a cometer duas violações de uma só vez, ambas por influência da turquesa: pedir a mão de um homem em casamento para a sua filha e depois casá-la com ele após ter sacrificado algumas de suas terras. E o homem não era somente de fora de sua tribo, mas de uma província do norte, que era desprezada em nossa família.

Perguntas que me confundem e você não me deu uma resposta clara, Nunu.

Como você escapou da prisão do branco e tirou o venerado jaleco branco para trabalhar como professora de biologia na escola de seu filho Mazen? E como você vive, guardando dentro de você o segredo que você nem era professora de biologia, mas sim uma de artes, mesmo que odeie tudo relacionado à mentira? Aquela mentira que não dizia respeito a ninguém além de você te sufocou ao ponto de você também se sentir sufocada com a sua vida? Durante os nossos passeios em Khan Al-Khalili, quando ficávamos paradas em frente àquelas placas de metal com gemas na joalheria, você ignorava os rubis vermelhos apesar da beleza deles, e da ágata coral e vermelha, enquanto elaborava descrições de esmeraldas, safiras, ônix, alexandritas e ametistas, para me preparar para o fato de que você estava atraída por um mundo diferente?

E como você conseguiu escapar do cadinho de ouro para o seu maravilhoso mundo de prata? Quando eu era criança, você me contou uma história — grega ou uma do tipo, não consigo me lembrar — de que havia uma geração de pessoas de prata, menos preciosas do que a geração anterior de ouro, e elas permaneceram crianças por cem anos. Quando cresceram, se rebelaram contra o seu criador, o deus Cronos, então ele exigiu que fossem punidos e fez chover destruição sobre eles, até que morreram. Depois que morreram, se tornaram almas abençoadas merecedoras de adoração, mesmo sendo de baixo status.

Você se juntou ao mundo das abençoadas almas de prata de propósito?

Outra pergunta que sempre te fiz e você continuou me dando a mesma resposta: como você sabe dessas coisas estranhas?

Você me respondia: os pontos de virada na vida das pessoas ou são causados por alguém ou são para o bem de alguém.

Por que você me deixou nessa confusão?

Resta um desenho...

NIRVANA

O coma me balança, como se eu fosse um líquido em um copo enorme. Oktoberfest, o festival alemão da cerveja. Enormes copos de asas com cerveja, cheios do líquido amarelo, cuja espuma se espalha pelas laterais das mãos de todos os clientes dos cafés espalhados por toda a Munique. A música de uma banda de *folk* tocando alto na Marina Plaza abafa nossas vozes.

Parece que a preparação para o festival começou, apesar de ainda estarmos no final de agosto. Tiro uma foto de Amena e Rashid com um mendigo tocando violão.

"Vamos ficar aqui sentados nesse café por um tempo. Vamos, é uma grande oportunidade. Tia Amina fora às compras e não vem nos acompanhar." Muhannad gentilmente puxa o meu braço.

"Só vou até a C&A com Amena para comprar umas coisas e já volto."

"A propósito, estou com ciúmes de Amena."

"Está com ciúmes de uma garota?"

"De qualquer coisa ou qualquer pessoa que tire você de mim, fico louco quando sinto que preciso de você e você não está comigo."

"Nirvana, *allez*!" Amena me chama e desaparecemos dentro da famosa loja de departamentos de múltiplos andares.

Volto à mesa onde deixara Muhannad e o encontro absorto na antiga prefeitura com o seu famoso relógio, o Glockenspiel. Ele chama a atenção de todos os transeuntes quando os seus quarenta e três sinos tocam ao som dos movimentos das estátuas, cada uma carregando um sino.

"Por que está sentado nessa mesa? Vamos nos sentar em uma mesa limpa."

Parecia que as pessoas que estavam sentadas à mesa anteriormente deixaram para trás várias garrafas de cerveja e copos.
"Mas estou sentado aqui por tanto tempo."
"*S'il te plaît*, vamos, vamos para uma mesa limpa."
Coloco dúzias de sacolas de compras cheias de coisas para cada membro da família sobre e ao lado da mesa para a qual nos mudamos. Então, estendo minhas mãos para ele com duas caixas de incensos de almíscar, sândalo e âmbar, me lembrando das lojas turísticas no caminho entre a escola e a minha casa.
Eu digo, com uma voz embargada de tristeza: "Viu? Zakazeeko foi comprar incenso indiano em Munique. Fiz isso para te lembrar de seu antigo sonho, se tornar um vendedor em uma loja em Khan Al-Khalili, e para te lembrar de Zakazeeko".
Ele inala profundamente o odor do incenso e diz: "Você sabe o que o tio Salah Jahin disse sobre você?

Sua voz, menina, é como um corpo
Dançando, dissolvendo preocupações, apagando tristezas,
E o seu corpo, minha linda, é como palavras,
Palavras de filósofos que se embriagam e se esquecem do tempo.
Que estranho!
Nirvana, tire esse anel falso e coloque o meu anel de safira".

Eu havia empurrado a questão do anel com a gema azul dele para os cantos da minha mente.
Eu respondo: "Não é falso. É um diamante".
E, para mim, não era qualquer diamante. Era uma gema cônica, trazendo em suas facetas o sacrifício de Nana Amena em vender até o seu último pedaço de terra, um sacrifício que a privou de sua renda anual. Mas, como ela disse, não era mais preciosa que o filho de sua filha, a filha da qual ela foi privada durante a sua juventude.
Muhannad disse: "Você sabia que os diamantes são as maiores ilusões do mundo? Minha querida, são apenas pedaços

de carvão que foram submetidos a altas temperaturas vulcânicas. E não são raros, ou algo do tipo. A prova disso é que, se você tentar vendê-lo, não conseguirá metade do valor pelo qual pagou. É o seguinte, há apenas uma única empresa na África do Sul que monopoliza o mercado mundial. Queria que as mulheres parassem com essa idiotice e usassem coisas que expressassem as suas personalidades".

Aproveito a chance de ele se desviar para um assunto geral para me juntar a ele nessa discussão que pouco tem a ver com o nosso casamento. Pergunto por que ele não realiza o seu antigo sonho e usa a loja de seu avô para fazer suas próprias joias.

Ele diz que não é bom administrador de negócios e que gosta de seu emprego futuro, que atende o seu amor por viagens. Mas ele tem certeza de que a vida irá lhe mostrar uma ou outra solução que realizará o seu sonho sem fazê-lo ficar muito tempo parado, encarando-o.

A composição emocional dos homens me surpreende. Tarek parece sério e ascético e então me lasca um beijo. E Muhannad parece nadar acima das nuvens, enquanto seus pés batem com força no chão duro. Ele não se prende por muito tempo a um antigo sonho, para que possa seguir em frente.

Os sinos de Glockenspiel começam a tocar e os bonecos passam a se mover, como se estivessem virando para conversar conosco. O garçom chega com a conta.

"Seis cervejas. Algo mais, senhor?"

Ele bebeu seis copos de cerveja durante aquele pouco tempo que estive na C&A? E por que ele não me disse que eram dele quando eu quis me mudar para outra mesa? Ele sabia que a jovem Nunu, sem motivo algum, odiava aquele pequeno bufê forrado de espelhos que refletiam as garrafas de vinho — o bufê que transformaram em um depósito esquecido de copos extras e porcelana em um canto da sala de jantar?

Será que ele, com a sua perspicácia, sabe que ela, ao contrário de todo mundo, sente seu peito apertar na véspera de Ano-Novo e se sente sufocada pelos barulhos das festas de Natal, enquanto os seus colegas de sala as aguardam ansiosamente todos os anos? Ou será que ele realmente não está tendo esses pensamentos de criança? Esses pensamentos são estranhos a ele porque cresceu no meio de festas de recepção e coquetéis em salões públicos, onde o tilintar de copos se tocando anuncia um projeto conjunto ou o início de um relacionamento próximo entre dois países?

LEILA

É porque Nunu conhece aquela estranha característica que me torna única, que me possibilita compreender imediatamente o significado de símbolos difíceis, enquanto que ao mesmo tempo luto com as coisas mais simples? Você fez dessa página abstrata uma lição e um farol para abrir a minha visão, mesmo sendo apenas linhas pretas, brancas, vermelhas e douradas?

Nunu me contou essa história quando ficou confusa com os seus heróis, uma coisa que me deixou feliz depois, porque, pela primeira vez, eu explicaria à Nunu o que era difícil para ela. Isso foi depois que comecei a galopar sozinha com meu cavalinho, Rammah.

A influência mágica do branco em Nana Amena nunca terminou, apesar da suspeita de que sua segunda filha Hoda cometeu suicídio, e que não podia ser encontrado nenhum sinal de felicidade em sua filha do meio Hana, para quem adquiriu um médico do interior, o colega de quarto de seu irmão. Durante um certo mês de agosto, aquele mês que causa estragos na tradição e sobrecarrega com o zumbido do mar, o terceiro cavaleiro apareceu na vida de suas filhas.

Um pretendente na sala de estar informal do apartamento de Sporting. Ele senta-se confiantemente, com a perna direita cruzada sobre a esquerda, a qual foi ferida após uma competição de salto a cavalo. O branco o envolve por todos os lados. Ele é um usuário de jaleco branco e uniforme branco formal e fica em Corniche todas as manhãs, esperando por seu ônibus. Ele é médico e oficial da marinha, além de cavaleiro, dono de uma égua branca chamada Juliet. Mas é vinte anos mais velho que a tia Wafa, a tia mais nova.

Nirvana se lembra da história como cenas separadas e começa a narração:

Os pequenos sinos dourados que decoram a sela e as laterais da carruagem aberta puxada por cavalos e o ritmo dos passos dançantes deles me fazem insistir à tia Wafa — conhecida como Fofa — para irmos de carruagem, mesmo que seja por uma curta distância. Ela paga 50 piastras pela nossa viagem de Manshiya à Estação de Ramlh, onde pegaríamos o bonde para Sporting, depois de comprar brincos coloridos, maquiagem e pulseiras na loja Women's Alley.

"Vou pegar essas 50 piastras de sua mãe", tia Fofa me desafia infantilmente.

A carruagem desacelera para uma batida rítmica que é intercalada com o assobio agudo do chicote na mão do cocheiro, o que faz o cavalo ganhar velocidade.

"A propósito, sei que o tio Saad é o seu pretendente", digo à tia Fofa maliciosamente.

Irritada, ela responde: "Ok, eu deveria te contar a história da mosca?".

A tia Fofa sempre me irrita com aquela "história da mosca" que nunca começa. Às vezes, suas provocações duram horas, até Nana Ro'ya dizer que ela ficará muito brava se Fofa não parar de me irritar.

Wafa é a filha mais jovem. Seu pai morreu quando ela era um bebê. Ela é a irmã mais linda, e a mais esperta também. Por isso que sempre foi a "pequenininha" e a mais paparicada durante toda a sua infância, até se matricular na faculdade para estudar farmacologia e aquele pretendente surgir como uma oportunidade de compensá-la pela compaixão de um pai e paparicá-la como paparica a sua égua Juliet. Mas, no final da noite, ele não a abandonará como o seu pai fez quando partiu desse mundo, mas viverá uma vida confortável com ela em seu luxuoso apartamento em Roshdy.

Como uma vingança pessoal pela "história da mosca" e por outros aborrecimentos de Fofa, Nunu disse-lhe que sabia que o tio Saad era um pretendente, porque Nunu o achava velho e feio. Essa também era a opinião de Suad, Afaf, Amal e de Saadiya durante os sussurros na cozinha.

Outra cena é colorida de preto, como as roupas de Nana Amena e Nana Ro'ya, porque aconteceu quando Nunu fechou os olhos um pouco depois das orações da madrugada, enquanto dormia ao lado de Nana Ro'ya em uma cama oposta à de Nana Amena e de tia Fofa.

Nunu fecha os olhos com força e finge cair num sono profundo na tentativa de escapar da crueldade da cena. Nana Amena está batendo em tia Fofa. As declarações rebeldes que Fofa continuava repetindo só traziam mais surras e tapas. Dia após dia, os gritos de Fofa se transformam em gemidos, depois em soluços, depois em completo silêncio, que foi seguido por uma ululação festiva que Nana Amena ordenou que Suad desse, mas que emergiu fraca e rouca.

Cavalos árabes esguios de pernas fortes levantam uma leve poeira ao cruzarem os obstáculos de madeira em Smouha Club.

O tio Saad veste calças bufantes pretas e botas até os joelhos, um colete vermelho com botões dourados, uma capa preta e uma camisa branca ofuscante. Preto, branco, vermelho e pontos dourados escondem sua idade avançada e feiura. Ele sobe e desce com Juliet sobre os obstáculos e Nunu bate palmas ao ver todas as pessoas sentadas ao seu lado aplaudindo.

Palmas ao som de um tambor, o toque de um pandeiro e o balanço de um acordeão acompanham as voltas e reviravoltas flexíveis do corpo de Riri, a dançarina em seu traje de *chiffon* vermelho com lantejoulas douradas durante o casamento de tia Fofa no Hotel Continental. É a mesma dançarina que rebolou com a mesma coqueteria e piscou os olhos contornados de Kohl para os jovens da família que se aglomeravam em sua volta, sentando-se aos seus pés durante o casamento de tia Hana na casa de Nana Amena. Sua dança foi seguida por aplausos e pedaços de papéis brancos com os números de telefone dos homens empurrados para a mão da dançarina, junto com dinheiro que colocavam em sua testa e pescoço e enfiavam em seu decote.

O local e as personagens principais mudam, mas a cena é a mesma: um noivo de smoking preto segurando a mão de uma noiva que baixa timidamente os olhos e usa um longo vestido branco, enquanto ele observa os movimentos sinuosos de uma dançarina que veste uma roupa vermelha ou dourada.

A rotina dos onze meses seguintes a agosto só é quebrada com o casamento de tia Fofa e tio Saad. Telefonemas de Alexandria às seis da manhã e às duas da manhã de Fofa, que liga para a sua mãe e irmã mais velha, mãe de Nunu, pedindo ajuda. Espancamentos e ameaças com uma pistola licenciada e um certificado médico de que é epilético o isentam de qualquer atrocidade. Ela escapa à noite e se refugia no apartamento de um parente em Shatbi ou em delegacias de polícia.

Novas frases animam a rotina dos dias no Cairo por oito anos, até que também se tornem rotina: caso de divórcio — recurso — mulher recalcitrante — disposição dos móveis — pensão alimentícia à força.

E entre todas essas novas frases, a família se dividiu em dois lados: um lado feminino que claramente condenava Fofa por não saber como enganar seu esposo e transformá-lo em um pedaço de massa maleável nas mãos devido à sua falta de paciência e sua frivolidade; e um lado masculino que culpava o fato de Saad não ser um membro da família, sendo apenas mais um estranho ingressando nela, estando automaticamente fadado a se expulsar. E todos colocavam suas cabeças livres de culpa no travesseiro para cumprimentar outro dia cheio de convites para noites brancas e casamenteiras. Assim, eles se uniam em roupas respeitáveis e apresentavam as joias nupciais em salões adornados com ouro e entrelaçavam os braços com suas garotas bem-comportadas, sobre cujas vidas eles se comprometem. E em suas reuniões privadas, eles desejam por alguma Riri vestida de vermelho para fazer seus espíritos dançarem e flertarem com suas imaginações ao som de címbalos e guizos de ouro.

Quando começamos a contemplar aquela página em que permanecemos por tanto tempo, eu tinha acabado de começar aulas semanais de equitação nas fazendas de cavalo em Nazlit Al-Simman. E comecei a me apaixonar por um cavalinho, Rammah, que era um cavalo preto brilhante e com uma mancha branca na testa. Eu não o amava apenas pelo quanto gostava de cavalgá-lo pela areia e por entre os campos verdes, ou porque sua longa crina fazia cócegas em meu rosto quando voávamos juntos no ar, mas porque, desde a minha infância, sentia que eu era uma jovem égua que merecia receber tapinhas no pescoço e no corpo por alguém que tomasse conta dela e colocasse um torrão de açúcar em sua boca, para deixar que me guiassem e, depois, com toda a minha força e obstinação, eu o levasse aos mundos mais maravilhosos.

Nunu, você me deu o torrão de açúcar. Mas você nunca quis me guiar. Soube disso quando vi a expressão de excitação que saltou de seus olhos quando descobriu que galopei sozinha com meu cavalo. Uma nova escolha que tomei na vida sem pedir o seu conselho. Então a corrente de transmigração que você sonhou que permaneceria entre nós não se tratava de sermos parecidas, mas que uma de nós terminasse o que a outra começou. Que uma de nós compensasse as falhas da outra.

Mesmo a unidade que tínhamos na aparência não te preocupava. O fato de sermos parecidas e de termos interesses semelhantes apenas exasperava a todos. Eles achavam que era estúpido e que era apenas uma imitação cega que uma jovem fazia de sua tia.

Deixamo-los em sua ingenuidade porque sabíamos que essa união não era apenas um caso de similaridade. Era a dissolução e o colapso do muro entre duas pessoas para que uma se tornasse a continuação da outra.

Eu realmente queria compensar o que você perdeu. Queria viver como uma égua, pairando ao ar livre, enquanto você ficava sentada em sua caixa de pintura que se fechava sobre você.

Foi por isso que quando a minha avó/sua mãe trouxe aquele pretendente vestindo terno preto, sentado em silêncio em uma cadeira com detalhes dourados na casa da família, eu juntei as minhas coisas e me refugiei temporariamente no apartamento em Moharram Bek, a casa de minha avó materna. Deixei para trás meu adorável cavalo Rammah, o caderno de desenhos que você me dera e uma caixa de joias que fizera com as suas diversas gemas, além de um grande número de e-mails não abertos em meu computador.

O melhor da minha leitura das entrelinhas e da compreensão da lição no dia da página com três cores e uma mancha dourada foi que havia sido eu que decifrara o código que era tão difícil para você. Expliquei por que os resultados esperados não foram alcançados na história de tia Fofa. Como o grande cavaleiro não conseguiu domar a jovem égua, mesmo tendo ganhado competições com a sua égua Juliet? Ele havia cometido os sete erros que destroem qualquer relacionamento entre um cavaleiro e a sua égua:

Erro de número 7: Ele presumiu que poderia montar em qualquer égua só porque montava cavalos maiores com facilidade. Fofa tinha um corpo de garanhão, mas a mente de uma égua.

Erro de número 6: Ele presumiu que o jeito com que tratava as outras éguas se aplicava a todas as éguas.

Erro de número 5: Ele não andava muito a cavalo. Costumava passar muitas noites em seus turnos da colônia de leprosos em Amriya, levando consigo outras éguas.

Erro de número 4: Ele acreditava que qualquer problema com o cavalo era culpa do cavalo, assim como qualquer membro da família que colocava toda a culpa por seus erros nos outros para não se sentirem tão culpados e depois viverem sobrecarregados com outros pecados que outros os atribuem.

Erro de número 3: Ele não sabia como um cavalo pensa. Ele não pensa igual a um cachorro ou a um gato. Cavalos têm a ideia da fuga implantada em seus cérebros. Paciência e compreensão são as únicas coisas que podem dissipar o medo deles e dar-lhes um senso de segurança.

Erro de número 2: O cavaleiro não entendia que qualquer comunicação com o cavalo é apenas um treinamento contínuo. E a comunicação de Saad com Fofa era igual àquela do cocheiro que açoitava seu cavalo com chicote e ele disparava na tentativa de fugir das dolorosas chicotadas.

Erro de número 1: Andar a cavalo sem nenhum conhecimento prévio de equitação.

NIRVANA

O coma me levou ao meu local de descanso final? Eu entrei no céu do jeito que sempre quis, sem ser levada em conta? Quase consigo sentir seu aroma: descanso, tranquilidade e jardins de felicidade.

Não, ainda não. É o castelo de Hohenschwangau (o castelo alto do Grande Condado de Cisne). Foi a moradia de uma família de cavaleiros e, então, no século dezenove, se tornou a casa de verão da família real. A cena de tirar o fôlego que ele comtempla me enfeitiçou. Sinto uma familiaridade enquanto caminhamos ao lado do rio Lech, que sai da Áustria e atravessa Füssen para acrescentar magia à cidade mágica. Fui atingida pela maldição da minha família? Sou tomada pelas ruínas de eventos que aconteceram há muitos séculos. Faço amizade com as margens de um rio fluente.

Josef terminou de contar a história do Castelo de Hohenschwangau e subimos no ônibus em direção ao castelo mais bonito e famoso, Neuschwanstein, o castelo do cisne de pedra. Entro sozinha no rico jardim com a fonte que tem uma estátua folheada a ouro. À minha volta, estão Muhannad, Rashid, Amena e os garotos e garotas das quatro delegações, mas mal consigo sentir a presença deles.

Muhannad sussurra em meu ouvido:

"Com as mãos no bolso, meu coração encantado
Percorro uma terra estranha, mas não sou um estranho
Sozinho caminho, mas não me sinto solitário
Não sei se estou indo mais longe, ou me aproximando.
Que estranho!

Você não vai demonstrar boas maneiras e vai pegar o anel de safira?"

"Aqui?"

Josef diz: "Essas torres em espiral e as atraentes grandes muralhas brilhantes que refletem os raios de sol da Baviera são os melhores exemplos de um castelo romântico. E Walt Disney se inspirou neles para o filme da Bela Adormecida".

"Sim, aqui!"

Viro-me e caminho em direção ao castelo de conto de fadas, sentindo como se todos pudessem nos ouvir.

A voz de Josef fica mais alta: "O rei Ludwig II estava encantado por Wagner e nomeou este castelo em homenagem ao cavaleiro do cisne da ópera de Wagner. Esse amor é evidente no lugar todo. Os salões e corredores são decorados com cenas da ópera de Wagner".

Muhannad sussurra: "Se algum dia eu compor alguma música, a chamarei de Nirvana".

Josef nos deixa no jardim que tem flores de todas as cores e é cercado por árvores divinas que parecem tocar o céu.

Muhannad e eu nos sentamos na beira da fonte que tem a estátua dourada brilhante.

"Esse lugar tem um cheiro maravilhoso, igual ao aroma do incenso que você me deu", Muhannad diz.

"A única diferença é que a única maneira de você sentir o cheiro do incenso que lhe dei é queimando-o."

Pela primeira vez, a minha conversa com Muhannad toma um rumo sério, sem risadas e sem que ele me chame de "Zakazeeko" nem uma única vez. Seu rosto é solene e ele parece ter envelhecido dez anos.

As almas daqueles que viveram aqui se movem dentro de nós e a alma da Bela Adormecida se apodera de mim e permanece em silêncio. Enxergo Muhannad como o cavaleiro ou o maestro da orquestra, e ele parece ser forte como a natureza e gentil como a brisa, enquanto ele resolve a nossa história que fora deixada sem um final.

"Nirvana, não temos tempo a perder. Tome a sua decisão e passe o resto da vida comigo. Todos os países do mundo nos esperam. Passaremos nossos dias juntos, trabalharemos juntos, brincaremos juntos e daremos aos nossos filhos um traço de cada país e uma memória de cada mar."

Sou mesmo a Nunu que se sente sufocada pelas duas margens de um rio e pelas barras da varanda e aspira ao único mês do ano em que viajará com as ondas sem margens, onde há uma promessa do desconhecido e finais abertos? Ou eu realmente não soube quem sou durante todos esses anos? Fiquei tanto tempo sentado dentro desses portões que me tornei como um pássaro ornamental que tem muito medo de sair de sua gaiola?

Muhannad diz: "Nunu, vê essas grandes muralhas de pedra cercando o castelo? Você se cercou exatamente do mesmo jeito, mas com muros de celofane. Ninguém consegue enxergá-los, mas eles a aprisionam. E você não quer rasgá-los. Você prefere permanecer acorrentada".

Tentei quebrar o gelo com palavras vazias: "Por que você se tornou tão chato?".

Josef indica a todos que está na hora de ir embora.

Faltam apenas alguns dias para partirmos, para todos retornarem a seus países e Muhannad se espalhar por todos os países do mundo.

"Você poderia continuar mantendo contato, mesmo com um simples cartão postal de cada país que for?"

"Isso não dará certo. Não conseguirei te ver ou entrar em contato com você sem sentir que você deveria estar comigo."

A vista do enorme teleférico que nos transportava é a mesma vista que tive da janela do avião: manchas dos campos da Baviera em diferentes tons de verde — verde-grama, pistache, oliva, depois azul-petróleo — e em meu coração, a casa repousando sozinha no topo do pico mais alto dos Alpes.

"Casas, vocês têm um lugar em nossos corações."

A vasta sala de jantar, a cozinha, as bolhas de sabão que encharcavam as nossas roupas, as discotecas rústicas com cores azul-celeste e branco, o espaço vazio embaixo da escada, a caverna de ametista, Josef, Sra. Amina, Rashid, Amena e... Muhannad.

Chegará o dia em que meu caderno de desenhos terá um lugar para vocês, manchas verdes vivas? E encontrarei em minha caixa de pintura todos esses tons de uma só cor? Ou pintarei algumas de vocês em verde e o resto em tons de roxo, lilás e turquesa?

LEILA

Definitivamente não era a bandeira do Egito, mas assim como as cores e as linhas da bandeira carregam os símbolos e eventos que formaram a história e a identidade de um país, o mesmo aconteceu com esta página abstrata, a última do caderno de desenhos de infância de Nunu.

Não era a última página do caderno de desenhos, pois ela havia deixado muitas páginas em branco, mesmo tendo vivido muitos acontecimentos ao longo dos anos.

Preto... vermelho... branco... e uma mancha dourada. Essas eram as cores do chifre no centro da testa daquela criatura lendária, o unicórnio. Simbolizava o epítome da grandeza e da beleza em alguns mitos antigos. Foi o que Nunu me contou.

O unicórnio foi feito em *petit point* meticulosamente detalhado na enorme tela em ponto-cruz que Nana Ro'ya, irmã de Nana Amena, trabalhou intermitentemente durante meses.

Nunca me senti confortável com a ideia do unicórnio, eu imaginava que era Rammah, meu lindo cavalo preto com uma marca branca, depois que a mão interferente de alguém mexeu em suas cores e aparência. Mas, mesmo assim, ouvia com muita vontade as histórias de Nunu sobre tudo que tinha a ver com a sua infância, como se quisesse devorá-las e digeri-las para que se tornassem parte inseparável de mim.

A enorme tela com uma moldura de bronze dourada estava no salão de Nana Ro'ya. E agora na história de Nunu: que provocou o irracional nas imaginações. Um animal lendário com o corpo de um cavalo e a cabeça de uma gazela, a cauda de um leão e pés de cabra, olhos azuis e um chifre que era branco na base, preto no meio e vermelho no topo — e, pela primeira vez, a cor roxa é associada a um animal. Sua cabeça deveria ser roxa, pois, na época em que essa lenda apareceu pela primeira vez, era uma cor reservada à realeza, devido à sua raridade, e apenas eles tinham condições de pagar o custo extravagante de sua aquisição.

    Para mim, essa criatura lendária sempre foi associada em minha mente a Baba Galal, esposo falecido de Nana Ro'ya, talvez porque ela tenha costurado essa tela quando ele ainda estava vivo. Ou talvez porque eu nunca a tivesse visto costurando antes, apenas a encher berinjelas e pimentões com arroz e dedos de carne moída, sentada em sua cama, e depois movendo-se, com dificuldade, para a cozinha para terminar de cozinhar a comida, se não pedisse a Suad para fazê-lo. Talvez na minha primeira infância eu pensasse que o unicórnio era Baba Galal. Todas as histórias sobre ele eram como lendas sobre uma criatura imaginária. Primeiramente, todos costumavam chamá-lo de Baba Galal: minha mãe, suas irmãs e irmãos, bem como conhecidos e parentes distantes — mesmo que ele e Nana Ro'ya nunca tivessem tido filhos.

    Disseram que a família nunca presenciou um homem igual a ele. Ele permaneceu fiel e excessivamente amoroso com Nana Ro'ya, apesar da insistência de sua família para que ele arranjasse uma segunda esposa, porque Nana Ro'ya não podia ter filhos, e ele era um homem rico com terras e dinheiro que mereciam ser herdados. O unicórnio era assim: muito forte entre os animais, mas vivia sozinho.

    Eles conversaram muito sobre seu forte sotaque sulista, que era especialmente proeminente sempre que ficava muito bravo ou muito feliz. Chegavam até a contar as suas anedotas exatamente como ele as contava, com o seu sotaque sulista, como se imitassem o canto de um cantor querido, preservando cada som e cada pausa. Outra coisa relacionada à história do unicórnio: sua voz era linda, como se fossem sinos rítmicos em uma sinfonia harmônica.

    E diziam que nenhum marido das outras tias era igual a ele. Costumava encher o carro e a casa com os filhos e filhas das irmãs de sua esposa e dar presentes e dinheiro para eles e para os vizinhos. Ele era como o unicórnio, que, apesar de sua imensidão, é muito gentil, levantando os cascos bem no alto para não pisar em nenhuma criatura.

E apesar de todas a histórias sobre Baba Galal, num certo mês de agosto, quando as águas calmas estão agitadas e o oculto é revelado, ouvi Nana Ro'ya dizer a Nana Amena, enquanto tomavam o café da madrugada: "Galal morreu na hora certa".

Existem momentos certos e momentos errados para a morte? Naquela idade, eu enxergava toda morte como uma escuridão, lágrimas e privação de alegria. Mas depois de muitos anos e depois da partida da própria Nana Ro'ya rumo ao voo com criaturas lendárias em um reino superior, a verdade foi revelada e o mito que as mulheres da família criaram — para usarem e saborearem sempre que lhes faltasse uma realidade mais bela — foi destruída.

Não me lembro exatamente do início da história de Nana Ro'ya com a Pequena Wafa, porque cresci e encontrei a Pequena Wafa lá antes de mim. Ela é a filha adotiva de Nana Ro'ya e era chamada de Pequena Wafa para diferenciá-la da minha tia Wafa. E como ambas carregamos um epíteto que se refere à nossa pequenez — eu era a Nunu e ela, a Pequena Wafa —, eu costumava amá-la de maneira especial, mesmo que ela fosse seis ou sete anos mais velha do que eu.

Muitas vezes me perguntei se amava a Pequena Wafa por algo que ela disse ou fez ou se era simplesmente por sua associação com Nana Ro'ya. E a resposta pela qual não me dei conta por muitos anos é que foi por causa de Nana Ro'ya, que não senti falta da Pequena Wafa depois que ela desapareceu. Também percebi isso porque tenho o mesmo amor por Suad, que Nana Ro'ya trouxe da aldeia quando criança e cuidou dela e a acalentou durante muitas doenças, tanto que as pessoas pensaram que ela era a filha mais velha de Nana Ro'ya.

A Pequena Wafa não era órfã. Seus pais eram separados e suas várias irmãs foram sempre bem-vindas na casa de Nana Ro'ya no Cairo. Essa era uma tradição de Baba Galal notada por

Nana Ro'ya. Ele amava muito a Pequena Wafa e considerava qualquer coisa relacionada à ela como parte de sua honra.

Costumava ouvir uma frase que não significava nada para mim: "Baba Galal mimava muito a Pequena Wafa". Ele não era como um pai comum, mas era mais como um pai que foi privado de ter seus próprios filhos. Costumava ceder às exigências dela de comer chocolate depois da meia-noite e de sair nas noites de inverno para comprar alguns para ela. Quando ela queria ir à praia, eles faziam as malas e viajavam para Alexandria por um dia para que a Pequena Wafa pudesse brincar na praia por uma ou duas horas.

E quanto mais Baba Galal cedia às exigências da Pequena Wafa, mais Nana Ro'ya rendia-se à realidade da situação, porque ela sabia que nunca poderia dar-lhe um herdeiro ou herdeira. Foi uma realidade que ela escondeu dele: devido a uma cirurgia malsucedida no útero, ela parou completamente de menstruar. Todo mês, ela o convencia de que estava com cólicas e se afastava discretamente quando ele queria ter relações sexuais.

Mas o que Nana Ro'ya não suportou e não conseguiu manter a calma foi quando o corpo da Pequena Wafa começou a crescer, transformando-a em uma jovem e uma bomba-relógio na casa. A Pequena Wafa continuava insistindo em suas exigências com a mesma infantilidade e permanecia com seus velhos hábitos de sentar-se no colo de Baba Galal, de dormir ao lado dele e às vezes até pedir que lhe entregasse alguma coisa quando estava no banho. Foi isso que explicou a afirmação: "Galal morreu na hora certa". A grande imagem do unicórnio permaneceu no salão, com a sua moldura dourada brilhante. Isso também explicava a contradição entre a aparência física de Nana Ro'ya — ela era uma mulher extremamente acima do peso que se vestia de preto e jurava pelos dias que Baba Galal estava vivo, e que nunca saía de casa exceto para ir um mês a cada ano para o apartamento de Sporting — e suas piadas e anedotas engraçadas espalhavam alegria e risada durante um mês inteiro. E com profundo contentamento, ela administrava a casa de sua cama através de um espelho sobre o bufê que refletia o que acontecia na cozinha e na dependência da empregada.

Aquele quadro em ponto-cruz não era o único nas casas da família. O apartamento de Sporting era como um armazém de quadros de ponto-cruz espalhados por todos os lados, junto com sacolas com agulhas grossas de pontas rombas e dúzias de novelos de linhas coloridas que se transformavam em pontos apertados ou soltos ou em pontos cruzados no quadro em que todos da família costumavam trabalhar em agosto. Era um estoque de decorações para os futuros lares.

Esse costume, junto com as fichas coloridas de Lido e as cartas de baralho, era necessário para passar o tempo, já que não havia televisão. A família toda compensava isso ouvindo dramas de rádio durante o horário sagrado das três e quinze da tarde pela Middle East Broadcasting e às seis e quinze no programa geral. Seus eventos dramáticos em ritmo acelerado despertavam a imaginação de todos, apropriados para aquele mês extraordinário.

O que mais gostava naquelas imagens não eram as cores ou o tema, porque, por mais variado que fossem, eu odiava as imagens que escolhiam. Mas a única coisa que era igual em todas as imagens era que "Nunu" estava escrito em vermelho, inclinado no espaço branco ao redor da imagem. Costumava fingir que meu nome estava escrito em todas aquelas imagens. Era assim que Nana Ro'ya me apaziguava quando eles se recusavam a me deixar participar da costura. Mas quando cresci e descobri que esse era o nome da empresa que fabricava essas imagens coloridas com buracos quadrados, não fiquei brava com a mentira dela.

Quando cresci, aprendi que a maneira como a pessoa pensa a respeito de si própria é o que traz alegria ou tristeza.

As imagens que tia Wafa costurava, inserindo a agulha por baixo do pano para puxar a linha para cima em um minúsculo ponto inclinado, podem ser resumidas em um único conceito: uma garota esperando. Ela apareceu uma vez na forma de uma loira olhando pela janela e outra vez como uma garota olhando para o nada, com o cabelo preto voando com a brisa que vinha de um mar vasto.

A tia Wafa ficou esperando por oito anos por uma ordem judicial que nunca veio para libertá-la de seu casamento. Anos de sua juventude que foram perdidos em audiências, delegacias e escritórios de advocacia. O casamento produziu uma filha que virava e revirava em mais de uma cama. Seu pai montou em seu cavalo e voou para longe, privando-a de todos os seus direitos financeiros, até aquele deslize quando o cavalo e seu cavaleiro caíram, para que tia Wafa pudesse suspirar e repetir a frase de Nana Ro'ya: "Saad morreu na hora certa".

As imagens de tia Hana, as quais eu costumava contemplar quando ela aproximava a tela dos olhos para costurar um complicado ponto-cruz duplo, eram sobre fazendeiras ou camponesas alimentando patos e inclinadas sobre o parapeito de uma janela forrada com jarras de barro. A tia Hana se transformou de menina muito quieta e delicada em esposa de um médico do interior que zombava de seu hábito de cuidar de suas unhas da mão e dos pés e de escolher cuidadosamente as cores de seus vestidos e dos toques delicados de sua maquiagem. Ela se transformou em uma esposa de cabelo bagunçado e camisola que estava sempre molhada por ficar em frente à máquina de lavar, a qual sempre estava cheia com as roupas do médico e dos irmãos dele, que sempre ficavam lá. A casa deles se tornou um refúgio e um lar para quem quisesse tirar umas férias, realizar uma tarefa ou visitar o médico na capital. E ela, por sua vez, passou a falar com aquele sotaque caipira e a zombar de tudo que fosse cosmopolita ou bem cuidado.

Quanto aos garotos, durante todos esses anos, todos participaram com pontos desigualmente feitos pelas muitas mãos diferentes que contribuíram para fazer o quadro que nunca foi pendurado em nenhuma de suas casas: uma dançarina, vestindo um traje vermelho com franjas douradas.

Essas foram as últimas histórias que Nunu me contou sobre a página com a cor preta, branca, vermelha e a mancha dourada. Era uma página na qual cada heroína tecia a sua história, uma história que se tece para se tornar realidade. A heroína espera que seu destino lhe conceda "a hora certa" para que a história termine.

Nunu, você mesma terminou a sua história, ou foi aquele *jet ski* que empurrou a sua cabeça nas mãos do destino que fará com que os outros digam: "Nunu morreu na hora certa?".

NIRVANA

O horário em que recebi aquele telefonema não foi apropriado. Ghada, uma das garotas da delegação egípcia com quem fiz amizade depois de nosso retorno de Füssen, me ligou para me contar que o irmão da Sra. Amina havia morrido e que a reunião de luto seria realizada no dia seguinte na casa grande, a casa de seu irmão mais velho, o pai de Muhannad.

O toque do telefone me alarmou, pois Tarek estava fora em um de seus turnos e eu fiquei preocupada porque ele nunca me liga do trabalho. O barulho também acordou Mazen, depois de ter gastado tanto tempo e energia para fazê-lo adormecer. Eu trocara a fralda dele que sempre lhe dava alergia, lhe dei um pouco de camomila para acalmar o estômago e o embalei por horas até que seus gritos se acalmaram e ele adormeceu.

Por entre os grupos de mulheres em preto alinhadas em cadeiras de madeira idênticas no grande salão da casa do pai de Muhannad, meus olhos vagaram pelas pinturas originais espalhadas por todas as paredes, pelas lembranças do mundo todo... uma dançarina de flamenco, bonecas de madeira russas, uma garota vestida com quimono de seda se curvando educadamente, um enorme baú de madeira indiano com plantas esculpidas nas laterais e, sobre ele, pendurado no teto, correntes de contas em tons de azul e verde.

Eu abaixei a cabeça, preocupada que uma das mulheres me notasse tentando dar uma olhada em qualquer coisa que pudesse ter a ver com Muhannad.

Lentamente, levantei meus olhos para ficar cara a cara com ele. Uma caverna feita de ametista roxa brilhante, que parece nunca ter sido exposta ao sol que desbota a sua cor, pois foi cuidadosamente colocada nesta prateleira especial que contém fotos da família em molduras prateadas. Contra a caverna de ametista, uma foto de Muhannad, com uma esposa estrangeira ao seu lado. Juntos, seguram um bebê com traços egípcios.

O fato de eu ter visto aquela foto — algo que apenas pôde ter acontecido porque fui transmitir as minhas condolências à Sra. Amina na casa da família — foi uma fonte de tortura ou alívio para mim?

No Rubaiyat de Jahin, que aprendi de cor, havia esse pedaço de sabedoria:

Sua paciência e desespero estão em suas mãos
A vida continuará, quer você tenha esperança ou a perca
Provei ambos, e estranhamente descobri
Que a paciência é amarga, mas também é o desespero.
Que estranho!

Mas pelos próximos dias, uma estranha verdade me foi revelada: ter todas as esperanças frustradas é um alívio e nos dá esperança para uma nova ressurreição. Me encontrei repetindo aquela frase chocante e herdada: "O tio de Muhannad morreu na hora certa".

LEILA

Perguntei por que você não continuou a desenhar e colorir e deixou o restante das páginas do caderno de desenho em branco. Os seus dias se tornaram tão idênticos que você não conseguia nem colocar um ponto colorido nas páginas desertas?

Você respondeu que o caderno de desenho pertencia a uma determinada época: a época do apartamento em Sporting com os seus terrores e risadas e cores. E com a morte de Nana Ro'ya, a família se desfez. Como contas de um colar partido, cada um com um destino de verão diferente: Marsa Matruh, Ras El-Bar, Port Said, Arish.

A era dos grandes apartamentos que requeriam tanto trabalho e manutenção também acabou quando Suad, Amal e Saadiya se casaram e não foram encontradas substitutas para elas, então a família teve que recorrer aos hotéis. Isso foi uma mudança para uma cena diferente. Uma Corniche sem areia, somente pedras sobre as quais ondas fortes quebravam, espalhando espuma branca pelo ar.

É a mesma vista dos hotéis Cecil, Metropol e Windsor. Um semicírculo que abraça o mar pela esquerda e termina no Forte Qaytbay. Do outro lado, o mar é abraçado por postes de luz e filas de carros esperando para entrar pelo lado direito do semicírculo da costa que testemunhou os anos de sua infância. Suas praias, que antes eram associadas às cores dos guarda-sóis, agora ficaram distantes. Os guarda-sóis de Glim são amarelos com imagens de chá Lipton. Os de Asafra são vermelhos e estampados com Coca-Cola, Mobinil e Vodafone. Mas as praias de sua infância, Ibrahimiya, Sporting e Cleópatra, foram cobertas com asfalto preto, que tomou conta das cabines pequenas e do Cassino Nefertiti, seu local noturno favorito com Suad, onde você batia palmas e Suad ululava durante os cortejos nupciais de Alexandria. E o Cassino Stanley com os seus concertos matinais barulhentos: o murmúrio das ondas se misturando com os ritmos de jazz e o aroma do mar misturado com o cheiro do suor dos dançarinos. Garotos e garotas levantando os braços e movendo as mãos para expressar o que sentem da liberdade despreocupada que vem com a juventude. E o seu sonho de um homem que se pareça com o baterista ou com o gentil guitarrista.

O asfalto se estendeu enterrando as cúpulas de areia que você fez com seu baldinho, o qual você também costumava encher com conchas do mar e pequenas conchas de molusco que você juntou quando estavam secas. Construíram uma ponte sobre ela que mudou as rotas e aqueles grupos do mundo inteiro aplaudiram. Por alguns segundos, passam por ela e murmuram sua admiração por uma cidade que foi o berço da civilização.

Você era diferente de todos os outros. Quando as pessoas crescem, sentem que os lugares se tornaram menores e perguntam: "Esse lugar era tão pequeno quando eu era criança?". Mas você se perdeu nas ruas amplas. Sentiu que elas se tornaram mais amplas e que os pontos de referência haviam derretido. Assim que sai de Shatbi, imediatamente se encontra em Stanley. Então você se culpa por não se concentrar o suficiente para diferenciar Ibrahimiya de Camp Cesar de Sporting de Cleopatra, para poder capturar uma cena de sua antiga infância. Há apenas cafés modernos idênticos colados uns nos outros nos pisos térreos dos edifícios que tiveram aquelas amadas manchas causadas pela umidade e que carregavam o cheiro do mar, removidas. Só hotéis luxuosos com cheiro de cinco estrelas, onde delegações com ternos e túnicas brancas e mulheres usando *abayas* pretas substituíram calças de cores vivas e vestidos coloridos — vermelho, fúcsia, turquesa — e aqueles óculos com aros de plástico com lentes azuis e as bolas com listras multicoloridas que são infladas e voam sobre a areia, e aqueles tubos infláveis com cabeças e asas, e as pipas com suas caudas dançantes.

É por isso que quando a sua cidade desapareceu sob as ruínas de asfalto, você começou a ver as coisas em suas cores reais. Você viu os guarda-sóis com suas cores limitadas, as *abayas* pretas e o mar de cor verde. Sim, nunca foi o Mar Branco, como o Mediterrâneo é chamado em árabe, e não era turquesa. Todo esse tempo foi um mar de cor verde, algo que te fez sair com todo mundo em busca de areias brancas e águas turquesas, para passar seus dias de verão no jardim do chalé que tinha vista para a interminável extensão turquesa onde nos refugiamos sempre que ansiamos pela felicidade.

Por que você recorreu a isso dessa maneira, Nunu? Você me contou sobre a sereia do Nilo que sacrificou sua vida por isso. Mas a sereia é imortal e vive em reinos com tesouros, pérolas e corais e saem à noite para seduzir humanos a desfrutar desses tesouros com ela.

Quais tesouros te seduziram e te chamaram para encontrá-los?

E você, sob encantamento, correu em direção a eles porque queria viver para sempre igual a uma sereia ou foi porque você ama a morte?

Sim. Você ama a morte. Muitas vezes, você tentou me convencer a ir com a família para enterrar um de seus mortos e eu sempre inventava uma desculpa de que estava doente ou tendo um colapso nervoso. Era o que dizia a todos. Mas sempre te contei a verdade, como costumava fazer: que não conseguia aceitar a ideia de uma pessoa ser baixada para um lugar apertado e ser trancada e deixada sozinha no escuro.

Você tentou me convencer que luz e escuro são relativos e que a paz e a serenidade que prevalecem depois que uma pessoa é baixada à terra não há iguais acima dela. Basta pedir e você encontrará, pois não recebemos nada além do que realmente pensamos.

Você costumava ficar feliz quando me via tomar um caminho diferente dos seus. Então está feliz agora quando digo firmemente que amo a vida e odeio a morte que você cantou em suas orações como se quisesse que ela a tratasse bem quando se encontrassem?

"Deus, tenha misericórdia de nós quando a agonia da nossa morte se tornar difícil, e quando arrependimentos vierem um após o outro, e lágrimas forem derramadas e medos encobertos, e segredos forem revelados, e nosso poder e habilidades se forem."

Sim, desprezo suas orações e me sinto aterrorizada e sozinha quando você se deleita em repeti-las.

"Deus, tenha misericórdia de nós quando formos carregados sobre os ombros das pessoas, num eterno adeus aos lares e aos mercados e às canetas e papéis, Àquele a quem todos os pescoços e testas se curvam."

Desejo que você tenha misericórdia de mim, Nunu, e volte para que eu nunca tenha que repetir a sua oração: "Deus, tenha misericórdia de nós quando as nossas almas alcançarem a clavícula, quando for dito: 'algum curandeiro conseguiria salvá-lo agora?'" e quando o horror da "separação final" da família e amigos for confirmada."

NIRVANA

Sinto que estou subindo e, mais uma vez, me aproximando da superfície. Parece, coma, que você não foi causado por asfixia por afogamento. Você foi causado pela concussão que tive quando o *jet ski* bateu na minha cabeça.

Parece que vou me despedir de você depois de algumas horas e voltarei para eles e os abraçarei com alegria. Sim, irei abraçá-los porque comecei a aceitá-los como são, com seus barulhos e com as coisas que nunca mudam, porque finalmente me perdoei. Mergulho na minha caixa de cores e saio para pintar linhas que se curvam e oscilam em torno das letras de Kufic, Ruqaa e de Naskh,[10] que escrevem histórias amadas e as imortalizam com decorações.

Meus pincéis foram mergulhados em pesadas tintas a óleo e até mesmo os meus marcadores falharam ao gritar o que está dentro de mim em cores, mas sempre tive certeza de que o que pensamos fortemente receberemos fortemente. E eu sabia que os tons e os derivados de um arco-íris que estão dentro de mim um dia surgiriam.

O que nunca esperei foi que isso explodisse com tanta força sem que eu pegasse um pincel ou marcador. E posso agradecer Lila e meu filho Mazen por isso. Sou tão grata a vocês, pois, se não fosse pelo meu desejo de me aproximar de seus mundos digitais, assim como fiz vocês entrarem na minha caixa de cores e lendas, eu não teria começado a aprender o básico daquela máquina que suga a maior parte do dia de vocês e os leva para longe de mim.

No início, aguentei a dor nas costas de ficar sentada por horas em frente a caixas e telas e janelas que se abrem para mundos mais distantes e brilhantes do que meus olhos poderiam suportar. Assim como engoli o meu protesto quando a pa-

---

10 Tipos de caligrafia árabe.

lavra "ícone" foi transformada de desenhos sagrados que inspiravam grandeza e admiração nas paredes da capela da escola em círculos amarelos brilhantes com olhos piscando ou uma língua de fora, a fim de serem colocados em e-mails engraçados para lhes darem uma sensação de alegria.

Lila... antes que eu esqueça, quero lhe dizer que quando eu estava navegando pelos sites sobre pedras preciosas, descobri que uma lenda ocidental diz que a pedra de cor turquesa protege cavalos contra doenças e os cavaleiros contra quedas. Pendure uma pedra turquesa no pescoço de Rammah ou use uma você mesma como talismã.

Você checou o seu e-mail, Lila, ou está esperando, preocupada igual aos outros, com as horas críticas que ainda irão passar? Gostaria de poder lhe dizer que não sou o que pareço agora, uma mulher fraca engolida pelos redemoinhos de um coma em profundezas infindáveis.

Gostaria que você retornasse imediatamente para a casa de seu pai para checar seu e-mail que você negligenciou desde que fugiu para a casa de sua avó materna. Ninguém pode obrigá-la a fazer algo que não queira, porque concordamos que cada uma compensará o que falta na outra.

Estou bem e retornarei à superfície daqui a algumas horas, ou talvez se eu nadar com minhas mãos e pés, encurtarei o tempo e emergirei antes. Amo a vida, especialmente quando está decorada com pedras azuis, vermelhas, roxas e verdes. E mal posso esperar para ver o brilho em seus olhos quando abrir seu e-mail e ver os convites que desenvolvi digitalmente para uma galeria e escola de joalheria que Muhannad irá abrir.

Desculpe. Você não conhece Muhannad e peço perdão pelos meus pensamentos estarem à frente das minhas palavras por causa do entusiasmo. Esqueça Muhannad, que você não conhece. Só te direi que quando você me perguntou de onde eu tirava essas lendas e conhecimento que te surpreendia e eu lhe falei que cada momento decisivo em nossas vidas é causado por alguém ou pelo bem de alguém, o meu foi causado por Muhannad.

Agora ele está longe, do outro lado do planeta, e isso não me incomoda. O importante é que ele colocou os meus pés no início deste emocionante caminho colorido e, de alguma forma, todo esse assunto acabou por ser vantajoso para ele ou, para ser mais exata, para o benefício do pai dele, cujo nome também é Muhannad.

Sei que minhas frases não são claras, por ainda estar sob a influência do coma, mas quando encontrar meu caminho para a superfície, te contarei a história toda:

Em uma daquelas manhãs úmidas quando Tarek viajara para uma de suas conferências e Mazen fora para a faculdade, e quando você fugira para Alexandria, sentei-me em frente ao computador sem rumo. A palavra "pesquisar" apareceu na tela.

Naquele momento em particular, eu estava passando por um daqueles momentos em que você pensa que se perdeu, que não conhece as pessoas ao seu redor e que não se conhece.

Lentamente, digitei as letras de meu nome em português: Nirvana, e apareceu uma enxurrada de sites falando sobre o nirvana no budismo, sobre o qual lera uma dúzia de livros.

Continuei rolando a página para baixo até que um certo site apareceu: "Nirvana: galeria de joias exclusiva em Muizz Ii--Din Illah Al-Fatimi Street". Avistei a palavra sublinhada "concurso", então cliquei nela para saber mais.

Descobri que "Nirvana" era a segunda filial de uma galeria e escola que seria administrada por Muhannad Muhannad Al-Shahed, o filho do embaixador Muhannad Al-Shahed, nosso embaixador no Brasil, e um dos netos do proprietário de uma joalheria famosa que estava fechada há anos. A principal filial ficava no Brasil. As informações sobre as conquistas do filho me ajudaram a trazer todas as minhas cores à luz e desenvolver o convite para a exposição de sua galeria que foi nomeada "A magia da turquesa".

Como amuletos que carregam o aroma do incenso oriental, surgem os desenhos de joias de Muhannad Muhannad Al-

-Shahed, os reflexos de cores com suas alusões espirituais brilham para capturar corações, deleitar os olhos e nos transportar misteriosamente a um mundo de segredos e mitos. Com suas joias, o artista escreve histórias desconhecidas para todos, exceto para ele e seu pai, seu confidente. Ele viajou pelo mundo para apresentar ao oeste um mundo exótico com letras árabes e pedras através das suas exposições em galerias: "A caverna de ametista", "Portões de celofane", "Rubaiyat" e, ultimamente, "A magia da turquesa".

"Quem quiser aprender sobre a montagem e desmontagem de minerais e gemas, junte-se a nós na Oficina e Escola Nirvana para confeccionar braceletes e colares de pedras exclusivas que carregam segredos."

Gostaria de poder te mover agora com o poder do pensamento, Lila. Espero que não esteja sentada em seus círculos fechados, pensando, contemplando e buscando uma lógica convincente por trás de tudo.

Eu gostaria de poder empurrá-la em direção à Muizz Ii-Din lllah Al-Fatimi Street para participar da oficina de segredos e mitos que carrega o meu nome e realiza um de seus antigos sonhos de encontrar uma linguagem colorida com pedras mágicas.

Minhas cores eram simplesmente cores... caixas de papelão com marcadores, gizes pastéis e tintas a óleo. Mas as suas cores eram cores de luz: a sua paixão pelas cativantes luzes do teatro cobertas com celofanes que refletiam suas cores, e depois as cores das pedras preciosas que espalhei diante de ti para ampliar seus horizontes e o teu leque de escolhas. Você me apresentou a seu mundo de ícones engraçados e segurou a minha mão enquanto me guiava para a autodescoberta. Então você montou sozinha em seu cavalo e acelerou através de vastos desertos e campos. Agora voe, com a sua singularidade e individualidade, sem fugir de mim, especialmente se você encontrar alguém que lhe dê um torrão de açúcar.

Por ser uma tia amorosa e uma mãe preocupada com a felicidade de Mazen, não desejava nada mais do que vocês dois terminarem a sua jornada juntos. Mas não repetirei o erro de girar em círculos vazios.

Não irei te casar com o seu primo, o seu irmão. Caim e Abel tiveram que se casar com suas irmãs porque não havia ninguém mais na face da Terra. E, mesmo assim, acabou com o primeiro crime da história da humanidade.

Vamos tentar a teoria das alternativas. E se nos aproximarmos confiantemente do mundo do filho de Muhannad? Lembrando de que quem busca o bem o encontrará.

Quero te confessar, *jet ski*, que também lhe sou grata, mesmo que você tenha quebrado a minha cabeça. Mas se não fosse por você ter passado por mim e me levantado no momento certo, eu teria afundado, quando queria voar sobre as nuvens e transformar a frase da família em "Nirvana viveu na hora certa".

Talvez nunca mais te veja, Muhannad. Encontrei a minha paz anos atrás quando toda a esperança foi desfeita e me contentei com o que vivi durante os nossos dias de sonho juntos. Não quero nada além de que, quando pensar em mim, a brisa carregue o aroma do incenso oriental e as sombras sonhadoras das cores de nossas montanhas azuis, lagos verdes, noites turquesas e cavernas roxas. E quanto mais poderoso o desejo, maior a possibilidade de se tornar realidade.

Por que você está me balançando, coma, e me puxando com tanta força para a superfície?

Quero tanto te deixar, mas espere mais alguns segundos, para que possa sentir mais do sabor de almíscar, âmbar e pau-rosa, e a brisa que carrega o aroma do mar salgado e aquele amado cheiro acentuado da cor número 16 da marca Pébéo para tintas cerâmicas — aquela que vem escrito, em diferentes línguas:

أزرق فيروزي
Turquoise

Turquoise
تركواز

TIPOGRAFIA:
Operetta 8 (título)
Untitled Serif (texto)

PAPEL:
Cartão LD 250g/m2 (capa)
Pólen Soft LD 80g/m (miolo)